KB103828

저 등산 안 좋아하는데요?

발 행 | 2022년 01월 04일
저 자 | 슈히
펴낸이 | 한건희
펴낸곳 | 주식회사 부크크
출판사등록 | 2014.07.15.(제2014-16호)
주 소 | 서울특별시 금천구 가산디지털1로 119 SK트윈타워 A동 305호
전 화 | 1670-8316
이메일 | info@bookk.co.kr

ISBN | 979-11-372-6916-3

www.bookk.co.kr

저 등산 안 좋아하는데요?

등린이의 국내 명산 100 도전기

여행과 등산을 사랑하는 모든 이들과,
둘 다 안 좋아하는 옥구슬 씨에게
이 글을 바칩니다.

등산은 대체
왜 하는 거야?

"나이 드는 것은 등산하는 것과 같다. 오르면 오를수록 숨은 차지만, 시야가 넓어진다." _지미 카터(미국 전 대통령)

위 문장은 내가 등산을 시작한 이래로 가장 좋아하고, 공감하는 글이다. 원래 어렸을 적부터 운동을 즐겼고, 성장하면서 각종 운동을 배웠으나 등산만은 절대적으로 예외였다.

등산은 대체 왜 하는 거람? 어차피 내려올걸, 어째서 오르는 거지? 늘 이런 마음을 품고 있었고, 설마 내가 등산을 다닐 줄은 꿈에도 몰랐다.

서른한 살 가을, 간암 환자인 아버지에게 간 이식을 해드렸다. 원래 예전부터 건강에 늘 관심이 많았는데, 우환이 들이닥치자 한층 더 집중하게 됐다. 인생의 우선순위가 자연스레 건강이 됐다.

삼십 이세 여름, 산악회 활동을 시작했다. 처음엔 그저 사교 목적이었다. 한 걸음 한 걸음 내디딜 때마다 숨이 턱턱 막히고, 죽을 것만 같은 기분이었다. 정상에 닿으면 잠시 성취감에 젖어 기뻤으나, 하산할 땐 무릎이 쑤셔서 또다시 고통스러웠다.

어느 날, 모임의 한 운영진이 내게 '블랙야크 명산 100'이라는 인증 제도를 소개했다. 그저 재미로 도전해 보라고 했으나, 정작 그분은 도전자가 아니었다. 그이는 그저 산이 좋아서, 산에 다

닌다 했다. 더더군다나 그는 산을 잘 타는 날렵한 몸매도 결코 아니었다.

'저렇게 힘겨워하면서도, 꾸준히 다니는구나! 그렇게 산이 좋을까? 난 등산을 좋아하지도 않고, 100개의 산을 모두 가는 건 더더욱 자신 없는데⋯⋯.'

산악회에는 꼭 등산을 좋아하고 즐기는 회원들만 있는 건 아니었다. 나처럼 등산을 그다지 선호하지 않더라도, 건강을 위해 운동할 겸 활동하는 회원들도 더러 만났다. 하지만 그런 이들은 잠시간 보이나 싶더니, 곧 자취를 감췄다.

생각해 보면, 블랙야크 명산 100 인증 제도는 매력적인 기회였다. 국내 명산 100개를 꾸준히 다니다 보면 자연히 체력도 좋아지고, 관광도 할 수 있을 거라는 기대를 품었다. 덧붙여, 미지의 세계에 도전하는 것을 어릴 적부터 동경해왔던 터였다.

서른다섯 번째 가을, 마침내 100좌(座)를 완등 했다. 이 사실을 전하면, 사람들은 대부분 깜짝 놀란다. 누구나 목표를 정하고 등산을 떠날 수 있지만, 아무나 그 목표를 달성하기는 어렵다. 나 역시 이렇게 많은 산을 다니기란, 결단코 쉬운 일이 아니었다. 산에서 그간 만난 많은 이들도 내게 박수를 보냈다. 어떤 어르신은 이렇게 칭찬했다.

"존경합니다!"

이 책은 이천십팔년부터 이천이십일년까지 삼 년의 이야기를 담고 있다. 명산 100개를 다니며 보고, 듣고, 느낀 경험담과 함께 등산하며 어울린 사람들에 관한 기행문이다.

등산을 왜 다니는 거냐고 누가 내게 질문한다면, 다음과 같이 권하고 싶다. 국내 명산 100개를 오르면, 해답을 저절로 깨닫게 되리라고.

슈히

목
차

100좌 등산 가능한 남자가 이상형

좋아하다 [동사]
특정한 운동 따위를
즐겁게 하거나 하고 싶어 하다.

10좌
내 가슴을 설레게 하는 것

홀로 떠난 청산도에서

이천십팔년 사월 이십일 금요일, 혼자 청산도에 봄나들이를 갔다. 이곳은 영화 〈서편제〉의 촬영지로 알려진 곳이다. 잔뜩 부푼 가슴을 안고 배를 탔다. 조용하고 한적한 분위기를 기대했건만, 실상 그렇지 않았다.

'이 작은 섬에 뭐 볼 게 있다고 관광객들이 몰리는 거람?'
의아했다. 도청항에 도착하자, 단체로 관광 온 손님들이 인산인해를 이루었고, 마치 도떼기시장에 들어선 기분이 들었다.

순환 버스를 타고 슬로(slow)길 첫 번째에 닿았다. '청산도는 쉼표다', '아시아 최초 슬로길', '조금 느려도 괜찮아' 등의 표어가 눈길을 끌었다. 여유로운 마음가짐으로 발걸음을 옮겼다. 푸른 하늘 아래 하늘보다 더 파란 바다, 그리고 넘실대는 노랑 유채꽃밭이 장관을 이뤘다.

'와, 환상적이야!'
생애 최초로 본 경치에 감탄했다. 가슴이 요동쳤다. 평소에는 거의 겪을 수 없는 이런 설렘을 느낄 수 있어서, 여행을 좋아한다.

양산을 써서 자외선을 막아보려 했건만, 뜨거운 봄볕에 금방 지쳤고, 갈증이 났다. 물먹은 솜뭉치처럼 무거운 몸을 이끌고 터덜터덜 인근 식당으로 들어가 요기를 했다. 김으로 만든 전을 먹었는데, 상당히 양이 적었다.

'관광지라서 터무니없이 비싸구나!'
한적한 풀밭에서 고양이 한 마리가 어슬렁거리고 있었다.

버스와 배를 타며 장시간 이동한 피로를 풀기 위해 일찌감치 숙소로 향했다. 예약한 게스트하우스는 열 번째 슬로길 지리 해수욕장에 위치했다. 숙소에서 키우는 개 한 마리를 앞세워 해수욕장을 감상했다. 주인아주머니의 말에 의하면, 이곳은 일몰 명소란다.

게스트하우스에서 외국인들을 만났다. 까무잡잡한 모로코인 두 명과 대조되는 흰 피부의 프랑스인 한 명. 그중 한 명이 입은 겉옷에는 눈에 띄는 큰 글씨로 KAIST라고 적혀있었다.

"Do you live in Dae-jeon?(대전 살아요?)"
말을 걸까 말까, 한참 망설이다가 용기를 내어 먼저 말을 걸었다. 그들 중 두 명만 대전에서 지내며, 카이스트에서 교환학생으로 공부 중이라고 했다.

나처럼 혼자 여행 온 사람들도 두 명 있었다. 둘 다 서울에서 온 여자들이었다. 그녀들은 이 섬이 유채꽃 외에는 볼 것 없이 시시하다고 생각하는 나와는 생각이 달랐다.

"저는 매년 이맘때쯤 청산도에 혼자 와요. 봄비는 도시에서 느낄 수 없는 정취를 여기서 찾거든요."

"이번엔 혼자 왔지만, 다음번엔 친구들과 함께 오려고요. 청산도 밤하늘의 별이 얼마나 예쁜지 보여주고 싶어요!"
과연 이야기를 듣고 보니, 내가 발견하지 못한 청산도의 매력이 물씬 풍기는 것 같았다. 내가 모르는 세상을 배울 수 있어서, 여행을 즐긴다.

둘째 날에는 자전거를 빌려서 명품 첫 번째 길, 두 번째 길, 일곱 번째 길 신흥리 해수욕장, 여덟 번째 길 상산포, 아홉 번째 가을 길을 쭉 훑었다. 곳곳에 언덕이 즐비해서 금세 후회했다.

'자전거 대여하지 말고, 버스를 탈 걸 그랬나…….'

그래도, 고생한 보람은 나름 있었다. 무르익는 봄의 생동감에 내내 탄성을 질렀고, 총천연색의 자연을 한껏 만끽했다. 고채도의 발색이 특히 마음을 사로잡았다.

가을 길에서는 가을에 코스모스 만발하고 단풍이 물드는 모습, 국화가 흐드러지게 핀 풍경을 상상하며 국화리를 지났다. 흑염소를 흔히 볼 수 있었는데, 반가워서 다가가자 다들 놀라서 도망가기 바빴다. 아무래도 인적이 드문 시골이라서 그런가 보다. 아쉬운 마음을 놓고, 노래를 흥얼거렸다.

"파란 하늘, 파란 하늘 꿈이 그리운 푸른 언덕에, 아기 염소 여럿이 풀을 뜯고 놀아요, 해처럼 맑은 얼굴로."

빡빡한 일정을 모두 마치자 녹초가 됐다. 터덜터덜 숙소로 돌아와 휴식을 취했다. 어제 마주친 사람들은 이미 귀가한 모양이었다. 덩그러니 방에 머물며 침대에 누워 휴대전화를 만지작거렸다. 아직 해는 저물지 않았다.

'아, 지루해!'

거실로 나와 한편에 앉았다. 낯익은 외국인들이 식탁에 앉아 있었다. 그중 한 명은 카이스트 글씨가 대문짝만한 후드 점퍼를 여전히 입은 채였다.

'아직 안 돌아갔군! 심심한 터에 잘 됐다.'

다가가 입을 열었다. 마침 오늘 아침에도 몇 마디 주고받은 상태여서 어색하지 않았고, 내 쪽에선 그들을 다소 친근하게 느끼던 터였다.

모로코인 유세프와 타하는 프랑스로 유학 갔는데, 대학교 교환학생 신분으로 한국에 잠시 방문한 거라고 했다. 유세프와 프랑스인 티보가 카이스트에서 공부 중이고, 타하만 인천 인하대학교에 있다고 했다. 세 명 모두 대학원 과정이라고 했고, 대단히 바쁜 와중에도 틈틈이 짬을 내어 여행을 즐기고 있었다.

비록 잘 알지 못하고, 가 보지도 않은 국가이지만 그들을 통해 모로코와 프랑스에 대해 어렴풋이 전해 들었다. 모로코는 프랑스의 식민지라서 프랑스풍의 건물이 많다는 점, 모로코인 유학생의 대부분이 프랑스로 공부하러 간다는 점, 모로코는 빈부격차가 크다는 점 등을 통해 한국과 일본의 역사와 국제 관계를 잠시 떠올렸다.

우리는 슬로길 열 번째 길 송정 해수욕장을 함께 거닐며 노을을 감상했다. 바닷가를 배경으로 하늘 높이 뜀박질하는 우스꽝스러운 단체 사진을 찍고, 즐거워하며 너털웃음을 지었다. 해가 완전히 저물도록 해변에서 시간을 보내고, 별을 보며 숙소로 느지막이 되돌아왔다.

문밖을 나서면 일상에서 겪기 드문 감정을 맛볼 수 있고, 드넓은 세상을 관찰하며 견문을 넓힐 수 있으며, 사람들과 어울리며 의미 있는 시간을 보낼 수 있기에 여행은 늘 내 마음을 설레게 만든다. 그래서, 나는 여행을 사랑한다.

남한에서 가장 높은 산

청산도 여행 이후에도 그곳에서 만난 외국인 친구들과 연락을 간혹 주고받았다. 그러나 애석하게도, 유세프와 티보는 각자의 생활로 바빠서 나와 시간을 보낼 의사가 없어 보였다. 대신, 타하와는 종종 연락이 닿았는데, 그는 제주도 한라산을 가고 싶어 했다.

"등산 좋아해요?"

나는 깜짝 놀라서 질문했다.

그가 대답하길, 등산을 좋아하는 건 아니지만, 가끔 도시를 떠나 자연을 누리고 싶을 때 가끔 등산을 간다고 했다.

"한라산은 남한에서 가장 높은 산이니까 가볼 만한 가치가 있다고 생각해요."

그가 덧붙이길, 자신의 국가인 모로코의 최고봉은 해발 사천 미터 이상의 높이라고 말했다.

또, 친구와 함께 프랑스의 알프스(Alps)로 겨울 등반을 간 적이 있다며 내게 사진을 보여줬다. 타하만큼 큰 신장을 지닌 백인 남성과 타하가 등산 장비를 갖추고 나란히 서 있는 모습이 인상적이었다. 먼저 두 남자의 우월한 다리 길이를 보고 놀랐으며, 알프스의 웅장한 산맥을 보자 한 번 더 감탄사를 연발했다.

"우와, 멋져!"

나는 감격에 겨워 소리쳤다. 내가 만나지 못한 분야를 나보다 먼저 경험한 타하가 갑자기 존경스러웠다. 게다가, 나는 등산을 안 좋아한다. 여행은 선호하지만, 산을 오르는 건 매우 힘들고 고통스러워서 꺼린다.

"한라산 갈래요?"

타하가 내게 제안했다.

팔 년 전, 이월의 과거를 회상했다. 그 당시 제주시의 어느 회사에서 근무하다 막 퇴사했고, 여기저기 관광을 다니던 시기였다.

'제주도까지 왔는데 그냥 가긴 아쉬우니, 한라산 한 번쯤은 가 봐야 하지 않겠어?'

여기까지 생각이 미쳤고, 멋모르고 한라산에 도전했다가 보기 좋게 실패했다.

한라산은 폭설로 뒤덮여 있었다. 특별한 훈련이나 준비 없이 등산화만 달랑 신고 무턱대고 찾아갔다가 고생만 폭삭했다. 그땐 아이젠(Eisen)[1]이 뭔지도 몰랐는데, 어느 등산객이 알려줘서 그제야 그런 게 있는지 처음 알았다. 고생만 평평하고, 정상까진 못 간 채 중도 하산한 후, 일주일간 근육통으로 인해 끙끙 앓았다. 그때 백록담을 가지 못해서 너무 안타까웠으나, 그 후로 재도전할 기회는 없었다. 아니, 생각조차 하지 못했다. 등산에 별 흥미가 없었기 때문이다.

그런데, 한국인도 아닌 외국인 유학생 타하가 내게 한라산을 같이 가자고 권하자, 내 가슴속에서 꿈틀거리는 뭔가가 느껴졌다. 한국인으로서의 자부심, 긍지, 도전 의식, 용기, 희망 등 온갖 긍정적인 단어는 다 갖다 붙여도 될 만큼 한껏 고조되어 있었다. 그는 자신이 한국어를 못하니, 현지인 친구가 필요하다고 했다. 그런 연유로, 나름 통역관이자 관광 안내자로서 역할을 충실히 하고자 노력했다.

때는 바야흐로 봄이 무르익는 오월이었고, 우리는 녹음이 짙어지는 유월에 제주도에서 재회했다. 일주일 만에 급히 짠 계획이었다.

이천십팔년 유월 구일 토요일, 다섯 시에 기상했다. 씻고, 옷을 입은 후, 화장을 마쳤다. 어젯밤, 일찌감치 잠을 청했으나 육 인실이라서 분위기가 어수선했다. 사십 대 여성 세 명이 이야기꽃을

---

1) 등산에 쓰는 용구. 강철로 된 스파이크 모양으로, 얼음 따위에 미끄러지지 않도록 등산화 밑에 덧신음.

피우느라 꽤 소란스러웠다.

혼자 여행 온 이가 올레길을 두 번이나 완주했고, 홈페이지에 자신의 이름이 기록되어 있다며 자랑했다. 유익한 정보다. 사실, 올레길이 뭔지도 정확히 몰랐던 터였다. 다음번엔 올레길을 걸어 볼까, 하고 생각했다.

다음 날, 옆방에서 묵은 타하에게 잠을 잘 잤냐고 물었다.

"코 고는 손님 탓에 잠을 통 못 잤어요."

여섯 시 삼십 분, 숙소 일 층 식당에서 조식으로 만둣국과 시리얼, 우유를 먹고, 무료로 제공된 생수와 주먹밥을 챙겨 길을 나섰다.

타하의 희망대로 한라산 백록담에 올랐다. 이곳은 '한국인이 꼭 가봐야 할 국내 관광지', '죽기 전에 꼭 가봐야 할 국내 여행지'에 해당하는 명소이다.

일곱 시, 관음사에서 등산을 시작했고, 정상에 오르니 열한 시였다. 스물네 살 타하는 키가 크고 다리가 길며 마른 편이라서 그런지 굉장히 날렵했다. 마치 기린과 낙타를 연상케 한다.

"한라산에 와서 행복해요!"

그가 내게 말했다. 반면, 나는 속으로만 되뇌었다.

'난 행복하지 않은데……. 휴, 이제부터 고생 시작이네!'

함께 등산을 시작한 무리 중 가장 빠른 사람은 타하가 아니었다. 작은 체구에 가녀린 몸매를 가진 삼십칠 세 여성이 선두로 등산 후, 하산했다. 타하는 자꾸만 뒤처지는 나를 계속 기다리느라, 이등을 했다.

후들거리는 다리를 이끌고, 이를 악물며 죽을 고비를 넘겨 가까스로 정상에 도착해 백록담을 본 감상은 한 마디로 대실망이었다. 원래 물이 가득 차 있는 경우가 드물다는 것은 익히 들어서 알고 있었지만, 이건 정말 개울 수준에도 못 미쳤다.

'고작 이거 보러 그 고생을 했담?'

다들 어디서 어떻게 알고 온 건지, 세계 각국에서 온 관광객들로 붐비고, 그늘 한 점 없어서 매우 무더웠다. 우리는 강한 자외선을 맞은 채 데크(deck) 위에 앉아 점심을 먹었다. 하늘과 구름을 바라보며 잠시 숨을 돌리고, 성판악으로 신속히 하산했다.

하산 또한 만만치 않았다. 정상에 닿기 전부터 이미 녹초가 되었으므로, 더 이상 발을 내디딜 기력이 남아 있지 않았다. 골반, 허벅지, 무릎, 발목이 모두 삐걱거리며 아우성을 쳤다. 그야말로 고통의 극치였다.

줄곧 나를 돌아보며 기다려주는 타하에게 굉장히 미안한 마음이 들었다. 급기야 그에게 먼저 내려가서 쉬라고 말했고, 그는 무려 나보다 세 시간이나 앞서 숙소에 도착했다. 실로 엄청난 체력의 차이였다.

전날 몽쉘 게스트하우스에서 사라 오름에 대한 추천을 들었다. 고생스러워도 하산 중에 기어이 추천지에 들렀다. 하지만, 그곳도 역시 바닥만 드러나 있어서 사진에서 본 풍경과는 매우 달랐다.

관음사 등산로는 전망이 좋고 시야가 넓으며, 풍경의 변화가 다양하지만, 반면 성판악 등산로는 비교적 지루하고 완만해서 길게 느껴졌다.

이 지점부터 까마귀들이 을씨년스럽게 깍깍 울어댔는데, 그때부터인가 하늘이 흐려지고 기운이 음산해졌다. 아무리 기를 써도, 뒷사람들이 자꾸만 내 앞을 지나갔다. 그야말로 설상가상, 첩첩산중이었다.

하산 중에 본 이들 중에는 외국인이 꽤 많았는데, 어느 서양 여성이 원피스에 단화를 신은 채 하산하는 것이 아닌가? 등산화를 미처 준비하지 못해서였을까? 호기심이 뭉게뭉게 피어올랐으나, 말을 걸 기력은 한 방울도 남아 있지 않았다.

열다섯 시 삼십 분, 성판악 탐방 안내소에 다다랐을 무렵이었다.

'아, 드디어 도착했어! 희망이 보인다!'

그때, 뒤에서 유창한 영어가 들렸다. 음성만 듣고 세 명일까 유추했으나, 네 명이었다. 그들은 쉴 새 없이 떠들었다. 뒤에 가까이 인기척이 느껴졌을 때, 그들에게 한마디 던졌다.

"Are you not tired?(안 피곤해요?)"
그들은 모두 각자 다른 나라에서 왔고, 게스트하우스에서 만나 서로 알게 됐다고 한다.

안내소에 들러 한라산 등정 인증서를 발급받았다. 인증서 발급비는 유료인데, 내가 발급을 원한다고 하자 타하는 아까 오전에 내게 이렇게 말했다.

"난 그 돈으로 차라리 음료수를 마시겠어요."

가치가 어떻든 간에, 다른 외국인들과 나란히 서서 자랑스럽게 기념촬영을 했다. 내가 중앙에 위치하고, 좌측에 호주인 이든과 미국인 테일러가 자리 잡았다. 우측에는 독일인 카를과 캐나다인 플로이드가 함께 했다. 축하받는 느낌이 들어 대단히 만족스러웠다.

탐방소를 나서자, 하늘에서 물보라가 거센 바람과 더불어 분무기처럼 사선으로 뿜어져 나왔다. 그럼에도 불구하고, 우리는 희희낙락했다. 만나서 반가웠다고 서로 작별 인사하고, 연락처를 교환한 후 화기애애한 분위기에서 인사한 후 버스 정류장 앞에서 헤어졌다.

이든과는 이후에 몇 번 연락을 취했는데, 그의 고국인 호주는 산이 드물고 거의 평지로 이루어져 있다고 들었다.

"난 한국이 참 좋고, 환경이 부러워요. 산이 많잖아요!"
한국에서 태어나 자란 나로서는 미처 생각하지 못한 관점이었다.

열아홉 시 삼십 분, 숙소에서 만난 여행자들과 삼겹살 파티를 했다. 오늘 등산을 다녀온 사람들과 내일 등산을 갈 예정인 무리가 한데 모여서 만찬을 즐겼다. 다들 여행에 관심이 많아서 활발히 정보 공유를 했고, 분위기는 떠들썩했다.

이십삼 시, 세상모르게 잠들었다. 아니, 곯아떨어졌다.

새로운 목표

두 번이나 도전 끝에 성공한 한라산은 비록 다시 가고 싶지 않을 정도로 고된 여정이었으나, 노력 끝에 성공을 쟁취했다는 성취감에 스스로 감격했다. 갑자기 등산에 관심이 무럭무럭 피어났다.

'이래 봬도 남한의 최고 산을 다녀온 몸인데, 어디 다른 산들도 가볼까?'

한국관광공사에서 추천한 국내 여행지에는 한라산 외에도 설악산과 지리산 등이 있었다. 그리고, 급기야는 국내 명산들을 두루 섭렵한 후 해외의 산들까지 넘보게 됐다. 문득, 영화 〈히말라야(The Himalayas)〉[2]를 떠올렸다.

'그래, 마지막 목적지는 히말라야로 정하자!'

그렇게 새로운 꿈을 품었고, 난생처음 산악회에 가입했다.

이천십팔년 유월 이십삼 일 토요일, 'ㅁ' 산악회와 함께 대전 식장산을 다녀왔다. 이날이 모임 첫 참석이었는데, 어느 운영진이 블랙야크[3] 명산 100 인증을 추천했다.

"저는 비록 인증하진 않지만, 그런 것도 있으니 재미 삼아서 한번 해보세요."

인증이란, 블랙야크(Black Yak)에서 지정한 국내의 명산 100개를 오르고, 절차에 따라 인정을 받는 제도이다. 정해진 모든 산을 완주하면, 블랙야크 측에서 추첨한다. 만약, 당첨되면 히말라야에 갈 수 있다고 했다. 순간, 귀가 솔깃했다. 당첨될 확률은 마치 복권과 같이 희박하지만, 내가 설정한 목표와 딱 맞아떨어지는 기회라고 생각했다.

'내 최종 목적지가 바로 거기잖아!'

서둘러 인터넷에서 블랙야크 명산 100에 대해 검색하고, 스마트

---

2) 엄홍길 대장과 원정대의 감동 실화(2015).
3) 스포츠 아웃 도어 브랜드(Sports outdoor brand).

폰에 인증 앱을 설치했다. 내 도전 번호는 육만 칠천 번을 넘어섰
다.

'그럼 이미 내 앞에 어마어마한 숫자의 도전자가 있다는 거네?
굉장해! 이렇게 유익하고 좋은 체계가 있다는 걸 지금에서야 알다
니!'
놀랍고도 신기하기도 하고, 살짝 긴장되기까지 했다. 새로운 세계
에 첫걸음을 내디딘 순간, 내 가슴은 미세하게 떨렸다.

20좌
산 타는 젊음

아슬아슬 영동 천태산

천태산은 암릉과 각종 수목이 계곡의 맑은 물과 어우러진 경치가 '설악산' 못지않게 수려해서 '충북의 설악산'이라고도 불린다.4)

이천십팔년 십일월 이십오일 일요일 여덟 시, 'ㅁ' 산악회원들은 동춘 오빠의 모닝과 예투 언니의 코나에 세 명씩 타고 영동 천태산으로 이동했다. 윤승 오빠가 늦잠을 자는 바람에, 그가 합류할 때까지 잠시 주차장에서 대기했다.

겨울 산행을 대비해 최근에 등산용품을 구매했다. 가격이 만만치 않아서 되도록 저렴한 것들로 골랐다.

"이번 산행은 암벽을 타는 코스라서 릿지화5)가 필수입니다!"
동춘 오빠가 사전에 밝혔으나, 나는 릿지화를 사지 않았다. 왜냐하면, 내가 매장에서 릿지화를 사려고 하자 사장님이

"등산화든 릿지화든 절대적으로 안 미끄러지는 신발은 없어요."
하고 말씀하신 까닭도 있고, 아무래도 큰 지출이 부담스러워서였다. 물론 릿지화를 신으면 참 좋겠지만, 살 엄두가 안 났다. 그래서인지, 오늘따라 동춘 오빠는 구박과 악담을 퍼부었다.

"넌 좀 물어보고 사! 싸구려를 사면 나중에 분명 탈이 나기 때문에 이중 지출을 하게 된다고. 넌 오늘 분명 등산하다가 넘어질 거야!"

밧줄을 잡고 암릉을 힘겹게 오를 때, 동춘 오빠가 내게 물었다.

---

4) 위키백과.
5) 바닥이 특수 고무 처리가 되어있어 급경사의 바위에서도 미끄러지지 않는 등산화.

"슈히, 군대는 다녀왔지?"

그가 농담을 던졌지만, 난 아무런 대꾸도 하지 못했다. 무거운 배낭을 짊어지고 가파른 경사를 오르는 것이 너무 힘들었다.

'와, 진짜 아찔하다!'

젖 먹던 힘까지 쥐어짜 줄을 단단히 붙잡고, 신중하게 한 걸음 한 걸음 옮기는데, 혹여나 넘어질까 무척 겁이 났다. 최대한 쉽고 안전한 코스를 선택했는데도, 눈 깜짝할 새에 쾅 넘어지고 말았다. 앞으로 고꾸라져 두 팔꿈치에 흙이 묻었으나, 다행히 크게 다치지는 않았다.

'이런 꼴을 동춘 오빠한테 안 보여서, 정말 다행이다!'

나만 쉬운 길로 가고, 다른 사람들은 직각에 가까운 암벽을 선택했는데, 예투 언니가 넘어져서 그만 무릎을 다친 모양이다. 그녀는 넘어진 즉시, 모험을 단념하고 내 뒤를 따라왔다.

예투 언니는 캠프라인(Campline) 릿지화를 신었는데도 불구하고 넘어졌고, 반면 중민 오빠는 일반 등산화를 착용하고도 넘어지지 않았다. 결론적으로, 장비를 꼭 갖추기보다는 기본 체력과 경험이 더 중요하다고 생각된다.

영국사에는 천삼백 년 된 은행나무가 있는데, 그곳에서 본인을 '천태산 지킴이'라고 소개하신 어느 아저씨를 만났다. 안내 표지판에서 '천태산 지킴이'라는 글씨를 발견했는데, 이런 직위가 실제로 있는 건지 궁금했다. 다음날 오후, 영동군청에 전화해서 산림과와 관광과에 문의했으나, 직원들은 그런 직책은 없다고 답변했다. 결론적으로, 그는 자원봉사자인 셈이다.

은행나무와 상어 흔들바위 앞, 이정표 아래에서 창의적인 자세로 사진 촬영을 하자, 중민 오빠가 내게 칭찬했다.

"역시 과감해!"

기분이 좋았다.

죽을 고비를 넘기며 정상에 다다르니, 다소 초라한 천태산 정상석이 보였다. 내가 범마 오빠에게 台가 무슨 뜻이냐고 묻자, 그가 검색해서 알려줬다.

"台는 별, 태풍이라는 뜻이야. 하늘에 태풍이 치는 산이라는 뜻이네."

뜻을 알고 나니, 과연 천태산은 태풍 몰아치는 험난한 난이도 같았다. 가히 충북의 설악산이라고 불릴 만한 산이라고 생각했다.

예투 언니는 삼신 할멈 바위는 언제 나오냐며, 관심을 계속 표현했다.

"아이 낳을 거예요?" 하고 내가 묻자,

"그럼, 낳아야지!" 라고 그녀가 대답했다.

"남편이 있어야 하잖아요?" 하고 말하자, 그녀는

"삼신할머니가 남자도 내려 주시겠지!" 했다.

중민 오빠가 내 뒤에서 천천히 내려오길래 그와 대화하며 하산했는데, 저 앞에 우리 일행이 모여 왁자지껄한 분위기였다. 범마 오빠가 작은 돌을 던져서 돌무더기 틈에 얹었다고 한다. 동춘 오빠가 내게 돌멩이를 하나 건네길래, 있는 힘껏 던졌다. 돌은 가볍게 날아 돌무더기에 살포시 자리 잡았다.

"유후, 나는야 국가대표 선수!"

별일 아니지만 성공했다는 사실에 기분이 좋아 방방 뛰었다.

"살살 던져서 떨어질 줄 알았는데, 의외네!"

동춘 오빠가 놀라워했다. 이날 여기서 실패한 사람은 우리 일행 일곱 명 중, 윤승 오빠뿐이었다.

"여기서 돌멩이 던져서 저 위에 올리면, 삼신할머니가 아이를 점지해 주신대요!"

예투 언니는 지나가는 어머님에게 열심히 설명했지만, 그분의 혼잣말은 의외였다.

"아이를 또 낳으라는 말인가……."

바위가 가로로 층층이 쌓여 있는 모습이 할머니의 쭈글쭈글한 주름을 연상시키는 삼신 할멈 바위는 상어 흔들바위와 함께 천태산을 대표하는 바위 중 하나이다. 층층이 쌓인 바위틈에 작은 돌을 던져서 떨어지지 않으면, 삼신할미가 자식을 점지해 준다는 소문이 있으며, 지금까지도 그 덕에 아이를 가졌다고 하는 사람들이 많다고 한다.6)

하산 후, 회원들은 'ㅁ' 산악회의 공식 첫 번째 연인의 신혼집으로 이동했다. 부부는 우리에게 김장김치와 수육을 대접했다. 아까 천태산에서 점심도 포식했는데, 저녁에도 고기를 먹어서 연거푸 먹을 복 터지는 푸짐한 하루였다.

---

6) 삼신 할멈 바위 안내판.

태백산 국립공원과 벌금

이천십구년 일월 이십일 일요일, 새벽 여섯 시. 'ㅁ' 산악회에서 서른 명 남짓 되는 인원들이 전세버스를 타고 출발했다. 목적지는 강원도 태백시에 위치한 태백산 장군봉과 천제단이다. 이곳은 한국인이 꼭 가봐야 할 국내 관광지와 죽기 전에 꼭 가봐야 할 국내 여행지, 국내 100대 명산과 백두대간 중 하나이다.

태백산은 예로부터 우리 민족의 영산이며 신령한 산으로 여겨져 왔다고 한다. 또, 산세가 완만하고 부드러우며, 설경이 아름답다고 들었다.

한 달 전에 실수로 화장실에서 미끄러져 갈비뼈 두 개가 부러졌는데, 환자인 내게도 과연 이곳은 확실히 초급 산행이었다. 게다가 이날 등산객들이 어찌나 많은지, 모든 이들이 인내심을 갖고 천천히 오를 수밖에 없었다. 느릿느릿 거북이걸음이었다.

겨울 태백산은 나뭇가지에 상고대가 핀 광경을 많이 볼 수 있다는데, 아쉽게도 눈이 별로 안 내려서 우리는 눈 구경도 제대로 못 하고, 썰매도 못 탔다. 동춘 오빠는 플라스틱 재질의 무거운 썰매를 내내 등에 지고 다녔기 때문에, 하산할 때 괜히 심통을 부렸다.

시간이 경과 함에 따라 다리가 후들거리고 피로가 몰려왔다. 큰맘 먹고 산 비싼 등산 스틱(stick)과 아이젠, 스패츠(spats)[7]가 짐스러웠다.

하산 후 태백산 눈 축제를 구경하며 사진 촬영을 했다. 국내·외의 조각가들이 만든 눈 조각들을 가히 예술 작품이었고, 전시물을 관람하며 즐거운 한때를 보냈다.

거대한 이글루를 발견하고 들어갔는데, 카페 영업을 하고는 있으나 장사가 잘되지 않았다. 주위를 둘러보니, 그 이유를 금방 알

---

7) 등산화 위에 차는 긴 양말. 불순물 유입을 막고, 발목과 발등을 보호하기 위하여 신음.

수 있었다. 손님들이 앉을 공간이 모두 얼음이라서, 의자에 앉으면 엉덩이가 시리고 바지가 물에 흥건히 젖어 버린다. 정효 오빠가 나를 포함한 여자 셋의 모습을 이글루 앞에서 촬영했으나, 이글루 같아 보이진 않고 그냥 큰 눈 무덤처럼 나왔다.

"산악인은 무궁한 세계를 탐색한다. 목적지에 이르기까지 정열과 협동으로 온갖 고난을 극복할 뿐 언제나 절망도 포기도 없다. 산악인은 대자연에 동화되어야 한다. 아무런 속임도 꾸밈도 없이 다만 자유, 평화, 사랑의 참 세계를 향한 행진이 있을 따름이다." _태백시 산악 협의회 노산 이은상

'산악인의 선서(1994)'를 발견하고 탄성을 질렀다. 산악인은 대자연 속의 모험가라는 느낌이 들어 인상적이다.

열여섯 시경에 이른 저녁으로 버섯전골을 먹은 후 이십일 시경, 무사히 귀가했다. 비록 고단했지만, 마음만은 상쾌했고 보람을 느꼈다.

그런데, 이번 산행 도중 한 가지 문제가 생겼다. 태백산 정상에 도착하기 전에 산악회원들은 도시락을 먹었는데, 우리 모임 내 운영진을 비롯한 회원 중에서 취사를 한 사람들이 꽤 있었다.

이날 특히 태백산 국립공원 구조대가 무리를 지어 나타나 흡연, 취사, 노상 방뇨 등의 행위를 한 사람들을 엄격히 단속했고, 내가 듣기론 일 인당 벌금이 무려 십만 원이라고 한다. 세상에!

귀갓길에 회비를 추가로 만 오천 원씩 더 걷었다. 의아했다.

'회원 한 명당 정기 산행 회비를 선불로 삼만 오천 원씩 냈고, 약 삼십 명의 인원이 참여했으니 꽤 목돈인데, 식비가 과연 얼마나 나왔길래 회비를 더 내야 하는 거지? 혹시 과태료를 회비로 충

당하려는 걸까?'

내 생각은 거기까지 미쳤다. 일단 당일에 추가 회비를 낸 후, 다음날 총무에게 개인적으로 연락을 취했다.

"태백산 정기 산행 회비 정산해주세요."

총무는 그러겠다고 했으나, 약속을 지키지 않았다. 그로부터 며칠 뒤, 회장 여호 오빠로부터 연락이 왔다.

"네가 날 의심하는 거냐?"

그는 회비를 가로채지 않았다고 주장했고, 내가 추가로 낸 회비를 환불했다. 그리고, 내게 스스로 탈퇴할 것을 명령했다. 매우 억울했으나, 결정적인 물증이 없었다.

다른 회원들도 역시 심증만 있을 뿐이었다. 이립(而立)의 어느 여자 회원이 이 사건에 대해 비난하는 글을 모임 카페에 게시했다. 조회 수는 꽤 있었으나, 댓글은 하나도 달리지 않았다. 모두가 침묵으로 일관했다.

"국립공원에서 취사가 금지라는 걸 분명 알고 있었을 텐데, 어째서 운영진들이 나서서 취사했죠? 정말 충격이네요!"

그녀는 태백산 모임이 첫 참석인 신입 회원이었기에 더 실망이 큰 듯 보였다. 그 용기가 감탄스러웠다.

'다른 이들은 모두 눈뜬장님처럼 못 본 체하고, 꿀 먹은 벙어리처럼 입을 다물고 있는데 새내기가 감히 용감하게 지적하다니!'

한편으로는 속이 다 시원했다.

그녀는 아프리카 킬리만자로에 다녀온 적이 있는데, 나보다 어린데도 불구하고 굉장히 멋져 보였다.

'대단하다! 등산하러 해외까지 찾아가다니!'

주변에서 흔히 보기 드문 산악인이었다.

하지만, 끝끝내 회비의 지출 내역은 투명하게 공개되지 않았다. 지금도 여전히 의심만 품을 뿐이다. 내 인생의 첫 산악회에서 그렇게 탈퇴했다.

험준한 서산 가야산

이천십구년 이월 육일 수요일, 설 연휴 마지막 날이었다. 지루하게 집만 지킬 예정이었는데, 때마침 'ㅎ' 산악회의 충남 서산의 가야산 등산 공지를 확인했고, 드디어 첫 참석을 했다. 'ㅁ' 산악회를 탈퇴한 후, 두 번째로 가입한 모임이었다.

이번 산행의 구성원은 남자 셋 회장 청유 님, 운영진 진가 님, 청유 님의 지인 Y 님과 여자 둘 섬저 님과 나, 이렇게 다섯 명이다.

약 삼 년 전 겨울, 서산을 방문해 마애여래삼존상, 개심사, 해미읍성 등을 둘러봐서 이번 산행이 친근하게 다가왔다. 원래 등산을 힘들어하고 좋아하지 않지만, 관광은 참 신난다. 등산도 역시 새로운 곳을 탐험하는 흥미진진한 여행이라고 생각한다.

이곳에는 가야봉, 석문봉, 옥양봉 등 세 개의 등산로가 있다. 우리는 석문봉을 거쳐 가야봉으로 향했다. 이곳은 칠백 미터 미만의 높지 않은 산이기에 초급자가 부담 없이 도전할 수 있는 높이라고 생각했지만, 막상 가보니 험준했다.

과연 명산 중에 하나라서 그런가 보다. 곳곳에 바위가 많고 가파르며, 굵은 밧줄이 설치된 구간을 지날 땐 마치 설악산, 지리산을 방불케 했다.

'역시 다리가 길어야 유리해!'
무릎을 가슴 높이만큼 치켜들어 바위를 오르며 발걸음을 옮길 때, 불현듯 떠오르는 생각이었다.

진가 님은 초반부터 이미 선두에서 바람같이 사라졌고, 그 뒤를 Y 님과 청유 님이 뒤따랐다. 여성 회원인 나와 섬저 님은 기진맥진하며 후미를 지켰다.

Y 님은 이날 참석자 중 최연소인데, 등산화를 안 신고도 가뿐하게 잘 올랐다. 이야기를 들어보니, 청유 님이 잘 이끌어 주셔서 교

인들이 함께 오래전부터 등산을 여러 곳 다녔다고 한다. 등산 다니면 심신이 건강해지니, 참 좋은 취미라고 생각한다.

분명 처음엔 맑은 하늘이었는데, 차차 하늘이 흐려져서 조망이 좋지 않았다. 하지만, 어두운 날에도 나름 운치가 있으니, 즐거운 마음으로 사진 촬영을 했다. 원래 사진 찍는 것보다 찍히는 것을 선호하는 편인데, 청유 님이 고맙게도 열심히 잘 찍어주셔서 내 마음에 쏙 드는 작품이 꽤 나왔다.

"이런 사진 진짜 오랜만에 찍는다!"

그가 반가워했다.

"'이런 사진'이 뭔데요?"

내가 질문했다.

"보통 사람들은 사진 찍히는 것을 매우 싫어해서, 그동안 인물 사진을 거의 못 찍었어요."

살아있는 피사체가 사진기 앞에서 적극적으로 자세를 취하니, 그는 내심 흐뭇한 모양이었다.

석문봉을 지나 가야봉으로 이동하던 도중, 우리는 벤치를 발견하고 그곳에서 점심을 먹었다. 섬저 님이 주신 귤과 사과즙, 초콜릿, 소시지, 진가 님의 바나나와 따뜻한 차, 라면과 김밥, Y 님이 가져온 한과, 내가 싸 온 전과 나물 등을 맛있게 나눠 먹었다.

마침내 가야봉에 다다라 인증 사진을 찍었다. 명절 마지막 날이라서 그런지, 등산객은 거의 없고 한산했다. 촬영할 때 기다릴 필요가 없어서 좋았다. 설치된 지 얼마 안 된 말끔한 인증석 앞에서 우리는 오붓하게 단체 사진을 찍고 하산했다.

등산할 땐 내내 내 뒤에 있던 섬저 님은 하산할 땐 눈 깜짝할 새에 사라졌다.

'등산은 느림보 거북이인데, 하산은 토끼 같네!'

청유 님과 대화하며 천천히 걸었는데, 눈이 얼었다 녹아서 흙길이 매우 미끄러웠다. 그는 방심했는지, 미끄러져서 그만 엉덩방아를 찧고 말았다. 나는 다행히 넘어지지 않았지만, 갈비뼈 골절 환자라서 더욱 조심해야만 한다.

주차장에 거의 다다랐을 무렵, 손바닥만 한 너비의 나무 밑동에 검은 고양이 한 마리가 식빵을 굽고 있었다. 내가 신기해하며 가까이 다가가니, 짐승은 쏜살같이 도망가 버렸다. 아쉬웠다. 고양이에게 소시지를 줄까 생각했는데, 그냥 내가 날름 먹어 버렸다.

꼴찌로 가까스로 주차장에 도착했는데, 진가 님은 일등으로 도착해 우리를 오십 분이나 기다렸다고 했다.

원래는 복귀 후 그냥 해산 예정이었는데, 이대로 헤어지기는 아쉬워서 함께 저녁을 먹었다. 우리 일행은 꼬막을 먹을까, 초밥을 먹을까 고민하며 주변을 두리번거렸다.

청유 님이 특히 적극적이셨는데, 음식을 사랑하는 그의 눈빛이 반짝였다. 내가 고른 식당에서 주꾸미를 먹었는데, 참 맛있었다. 우리는 후식으로 달콤한 아이스크림을 먹고, 화기애애한 분위기 속에서 하루를 마무리했다.

초급 추천지 양산 금정산

이천십구년 이월 이십삼일 토요일, 아홉 시 삼십 분에 집결해 청유 님이 운전하는 스타렉스를 타고 출발했다. 경남 양산 금정산 고당봉을 가기 위해 모인 'ㅎ' 산악회원은 총 열 명이고, 진가 님은 부산에서 회사 동료의 결혼식 참석을 하기 위해 개인적으로 이동해 금정산 주차장에서 합류했다.

집에 돌아갈 때 진가 님의 차를 얻어 탔는데, 안타깝게도 그는 예식에 늦어서 결혼식은 보지도 못했고, 대기 줄이 길어서 점심도 못 먹었다고 한다. 등산 전에 회원들과 맛집에서 감자전, 고추전, 산채비빔밥 등을 맛있게 먹은 나와는 사뭇 달랐다.

일기 예보에서 알려준 날씨는 영상 십이 도에 맑음이었는데, 실제로는 그렇지 않았다. 흐리고 쌀쌀했다. 기상청 날씨만을 믿고 옷을 얇게 입고 갔더니, 내내 후회의 연속이었다.

인터넷에서 검색한 결과, 금정산은 가을에 억새가 예쁘다고 한다. 암벽을 타는 등산로가 있는 모양이었다. 지레 겁을 집어먹었다. 다행히 우리가 간 길은 초급 중에 최하급이었다. 길이 평탄하고, 힘든 구간도 전혀 없었고, 등산로가 아니라 산책로 수준이어서 등산 입문자에게 추천할 만한 과정인 듯 보였다.

수월하게 정상을 찍은 후, 평지로 내려와 오렌지, 체리, 빵, 깔라만시, 막걸리, 초콜릿 등의 간식을 나눠 먹었다. 그런데, 어느 남자 회원은 간식을 먹지 않았다.

"왜 안 드세요?"

걱정하며 그에게 물었다. 체격은 작지만, 전체적으로 민첩할 것 같은 인상을 풍기는 사람이었다.

"저는 원래 산에서 뭐 안 먹어요."

그는 블랙야크 명산 100 중 무려 육십 좌 이상을 달성했다고 한다.

"백두대간은 안 하세요? 저는 세 개 했어요."

내가 말하자, 그가 대답했다.

"저는 명산 100만 해요. 백두대간은 왜 해요?"

"멋있잖아요!"

자신 있게 외쳤다. 내 반응에 다른 이들이 모두 너털웃음을 지었다.

그 회원은 역시 단체 사진도 찍지 않았다. 나중에 청유 님으로부터 들은 바에 의하면, 그는 이 모임에서 만난 이성과 결혼했으나 헤어졌다고 한다.

이날도 역시나 후발대였다. 등산할 때는 나와 청유 님, 효소 님, 섬저 님 이렇게 넷이 앞서거니 뒤서거니 올랐는데, 하산할 때 섬저 님만 쏜살같이 사라져서 남은 셋이 나란히 걸었다.

"아니, 도대체 어떻게 저렇게 빨리 갈까?"

청유 님은 아무리 서둘러도 간격이 좁혀지지 않자, 조바심이 나는 모양이었다.

"심지어 할머니들도 우리를 추월해!"

애당초 빨리 가는 건 포기했고, 무탈하게 산행을 마치는 게 제일이다.

이날 J 님을 처음 만났다. 그녀는 여섯 살 위의 언니이고, 영어를 지도하는 대학 강사라고 했다. 예전에 'ㅁ' 산악회에서 활동했는데, 연회비 제도가 도입되면서 강제로 퇴장당했단다.

"연회비요? 그런 게 있어요? 부담스럽게 그런 걸 왜 걷는담. 등산 가는 참석자들만 회비 내는 걸로 하지……."

처음 듣는 회칙이었다. 세상이 워낙 좁고, 등산 모임도 인맥이 겹치는 경우가 빈번하니 말을 삼가야겠지만, 'ㅁ' 산악회를 탈퇴하게 된 이유를 J 님에게 말했다.

"절이 싫으면, 중이 떠나야지요. 어쩌겠어요. 대장 말 들어야죠. 어느 단체든 권력자는 있기 마련이니까요."

귀가하는 길에 대구에 들러 맛있는 저녁을 먹었다. 주꾸미, 새우 튀김, 도토리 튀김 등 기름지고 맛있었다. 집결지에 도착한 뒤, 지쳐서 금방이라도 쓰러질 지경이었다. 몇몇 사람들은 배를 채웠으니, 또 운동하자며 야간 등산을 간단다. 참 대단한 체력들이다! 이런 사람들을 뭐라고 하더라? 산미자8)?

8) '산에 미친 자' 줄임말(은어).

거대 고추와 청양 칠갑산

이천십구년 삼월 일일 금요일, 새벽 네 시, 그냥 눈이 번쩍 떠졌다. 일기 예보를 검색해 보니, 미세먼지는 최악이었다. 그럼에도 불구하고, 용감히 산행을 떠났다.

여덟 시 삼십 분경에 인팔 님과 만나 함께 집결지로 이동했다. 인팔 님의 차를 타자마자, 술과 담배 냄새가 확 났다. 차를 얻어 타는 입장이라서, 아무 말도 할 수 없었다.

인팔 님의 운전 실력은 긍정적으로 말하면 총알 같지만, 솔직히 말하면 난폭운전이다. 조수석에 앉은 채 혹시라도 사고가 날까 봐, 심장이 떨리고 조마조마했다. 출근길 차량이 많이 밀릴 것이라고 예상했으나, 공휴일이라서 다행히 평소보다 길이 덜 막혔다.

우리가 제일 꼴찌로 주차장에 도착했다. 인팔 님은 집결지를 착각해서, 다른 장소로 갔다가 운전대를 돌렸다. 이날이 'ㅅ'산악회 첫 참석이었다. 회장 C 님은 동행하진 않았지만, 고맙게도 집결지에 몸소 와서 미세먼지 마스크를 챙겨주고 돌아갔다.

운영진 정식 님, 나와 은달 님은 승한 님의 차를 타고 충남 청양 칠갑산으로 향했다. 이날 모인 회원들은 여덟 명이고, 홍성 거주자이자 운영진인 후손 님은 개인적으로 합류했다. 우리는 주차장에서 서로 마주 보고 간단히 자기소개했다.

나와 동일한 업체의 등산 스틱을 쓰는 서녕 님은 'ㅁ'산악회에서 활동하다가 탈퇴했다고 했다. 어딜 가나 이 동호회의 악명이 하늘을 찌른다. 누군가 이렇게 말했던가.

"산이 좋아서 왔는데, 사람 때문에 상처받네요."

출렁다리를 건너자, 청양의 특산물인 고추 조형물이 인상적이다. 거대한 크기에 압도되었다. '세계에서 가장 큰 고추'라는 글씨가 눈길을 끈다.

천장호를 지나자 거대한 용과 호랑이가 나를 내려다보고 있었다. 그냥 지나칠 수는 없어서, 맹수들의 습격을 피하는 듯한 자세로 기념촬영을 했다.

'ㅅ' 산악회는 신생 모임인데, 다들 체력이 좋았다. 나는 여기서도 역시 후발대였다. 초면에 민폐를 끼칠 수 없다고 각오를 했기에, 내 속도보다 무리하게 등산을 했다.

정상에 오르니 정상석에서 블랙야크 인증 수건을 들고 기념사진을 찍는 두 청년이 보였다. 언뜻 얼굴을 보니 이십 대 같았다. 내가 먼저 다가가 말을 걸었다.

"인증은 몇 개나 했어요?"

"두 개요. 몇 개 하셨어요?"

"저는 열세 개요. 오늘 여기는 십사 좌요."

"와아! 그럼 십 좌 패치 있으세요?"

"네, 저기 가방에 들어 있어요. 둘이 같이 있는 모습 제가 찍어 드릴까요?"

큰 키에 훤칠한 사내들을 보니, 동행하고픈 마음이 굴뚝같았다.

삼일절이라서 태극기를 들고 기념촬영을 하는 어르신들이 보였다. 태극기를 빌려서 인증 사진을 찍었는데, 만족스럽게 꽤 잘 나왔다.

하산 후 버섯전골과 구기자 동동주, 알밤 막걸리를 마셨다. 인팔 님이 술잔을 들었다.

"음주 운전할 거예요?"

내가 눈치를 줬다.

"불안하면 택시 타고 가세요."

그에게 신세를 지는 쪽이라서, 그저 잠자코 있을 수밖에 없었다.

며칠 후, 인팔 님은 모임에서 강제 퇴장을 당했다. 충격적이었다. 그 원인은 바로 나이였다. 그가 건강 검진받으러 왔다며, 공개한 사진 때문에 그의 나이가 들통이 났다. 번호표에 출생연도가 적힌 것을 그는 미처 깨닫지 못한 듯했다.

"인팔 님, 나이를 속였네요. 모임 규정에 나이 제한이 있습니다. 죄송합니다."

인팔 님은 이렇게 가차 없이 모임에서 내보내졌다.

"어쩐지, 나이보다 좀 더 늙어 보이긴 하더라!"

이 사태를 목격한 회원들은 각자 놀라워하며 수군거렸다. 나 역시 충격이 꽤 컸다. 인팔 님은 비록 사십 대지만, 또래와는 어울리기 싫었던 걸까?

이렇듯, 이삼십 대 산악회는 나이에 특히 민감한 편이다. 연소자는 눈에 띄게 문제를 일으킬 만한 소지가 특별히 없으나, 연장자 입장이 되면, 동생들과 갈등이 생긴다고 익히 들었다.

아무래도 나이 차이가 크면 서로 하고픈 말을 다 하지 못할 테니, 소통하는 과정에서 서로 갈등이 생기는 듯싶다. 어디까지나 풍문으로 들었을 뿐이며, 그저 이런 세대 차이가 안타까울 뿐이다. 함께 산을 타는데, 그깟 나이가 대수인 걸까?

겨울 왕국 영주 소백산

　이천십구년 삼월 십육일 토요일, 경북 영주 소백산 비로봉에 가다. 소백산은 원래 오월에 철쭉제 할 때 갈 예정이었다. 그런데, 'ㅎ' 산악회에서 진가 님이 간다고 하니, 기회가 될 때 가는 게 여러모로 좋다고 판단해 따라나섰다.

　집결지에서 대기하는데, 멀리서 걸어오는 메주 님을 보고 나는 놀랐다. 그녀의 얼굴을 보는데, 눈매가 비이상적으로 또렷하다. 내 눈이 잘못됐나 싶어, 뚫어지게 계속 쳐다봤다. 뭔가 확실히 달라졌다.

　"아, 저 이월 말에 쌍까풀 수술했어요. 눈이 자꾸 처져서 ……."

그 말을 듣자, 내게도 곧 다가올 미래인 것 같아서 갑자기 심란해졌다. 동양인의 매력 요소는 외꺼풀이라고 생각한다. 삼십 대 후반에는 나도 별수 없이 쌍꺼풀 수술을 하게 되려나?

　지금 가면 시기상 아무것도 볼 게 없는데, 왜 굳이 초봄에 가나 싶었다. 그런데, 막상 가보니 별천지였다. 소백산 가기 바로 전날부터 강원도에서 눈 소식이 들리더니, 출발 당일에도 하늘에서 눈이 펑펑 쏟아졌다. 마치 겨울 왕국을 방불케 했다. 마치 외국에 온 듯한 느낌이 들었고, 우리는 눈 앞에 펼쳐진 장관을 보며 연신 감탄을 금치 못했다.

　소백산 삼가 탐방지원센터에서 등산을 시작해 비로봉을 찍고 연화봉을 거쳐 희방사로 하산하는 일정이었는데, 원점 회귀가 아니었다. 주차장에서 회원들을 하차시킨 후, 진가 님과 행복 님이 렌터카 두 대를 운전해 하산 지점으로 가 주차를 한 후 다시 삼가 탐방지원센터로 걸어와 뒤늦게 등산을 시작했다. 굳이 그렇게 고생을 사서 할 필요가 있나 싶었다.

　'그냥 택시를 이용하면, 훨씬 편리할 텐데…….'

이런 생각이 들었지만, 아마 최대한 경비를 절약하려는 운영진의 배려가 아니었나 생각한다.

주차장에서 등산로까지 가는 포장도로의 경사가 워낙 심해서 가는 동안 헉헉거렸다. 나뭇가지에 내려앉은 눈이 마치 벚꽃 같았다. 벚꽃인가, 눈꽃인가 헷갈릴 지경이었다. 눈 쌓인 숲속을 걷자니 시가 한 편 떠올랐다.

눈
윤동주

지난밤에
눈이 소오복이 왔네

지붕이랑
길이랑 밭이랑
추워한다고
덮어주는 이불인가 봐

그러기에
추운 겨울에만 나리지

아름다운 눈을 만끽하느라 눈은 즐거웠으나, 몸은 점점 지쳐갔다. 기진맥진해서 쓰러지기 일보 직전이었다. 청유 님은 진가 님과 함께 열심히 달려오고 있을 행복 님에 대해 이야기했다.

"진가는 승부욕이 강해서, 누가 뒤에서 쫓아오면 더 빨리 가요."

만년 꼴찌인 나는 진가 님이 이끄는 산행이 솔직히 매우 부담스럽다. 지난 이월, 용봉산에 함께 갔다가 피를 봤기 때문이다. 반면, 청유 님은 비교적 걸음이 느려서 동행하면 심신이 평화롭다.

내가 눈밭에서 뒹굴며 쉬고 있자, 진가 님과 행복 님이 등장했다. 행복 님은 멀쩡한데, 진가 님은 낯빛이 붉고 땀도 많이 흘리며 숨도 거칠었다. 다가가 진가 님에게 말을 붙였다.

"진가 님의 승부욕에 대해 얘기 들었어요."

"누구한테요?"

"청유 님한테요."

"네, 뒤에서 누가 따라오면 저는 더 빨리 가요."

"저는 진가 님 발뒤꿈치에도 못 미칠 테니, 걱정하지 마세요."
그는 순식간에 사라져 버렸다.

'내가 볼 땐 상당히 무리하는 것 같은데…….'

정상에서는 바람이 많이 불어 추울 테니, 우리는 중턱에서 적당히 평평한 곳을 찾아 자리를 잡고 점심을 먹었다. 효소 님이 양상추, 유부초밥, 비엔나소시지, 주꾸미 등 음식을 푸짐하게 준비해왔다. 다른 이들은 컵라면과 김밥이 대부분이었다. 배추김치와 소고기 장조림, 떡을 가져갔으나, 떡은 추위에 딱딱하게 굳어서 마치 돌덩이 같았다.

식사를 마치고 부지런히 올랐다. 사람들이 많이 모여 있길래, 여기가 비로봉 정상인가 하고 생각했다. 그러나, 실망스럽게도 아니었다.

'그럼 대체 왜 모여 있는 거야?'
의아해하며 돌아서서 뒤를 내려보니, 시야가 탁 트인 전망대였다. 그야말로 숨이 멎을 듯한 진풍경이었다! 드넓게 펼쳐진 절경이 한눈에 들어오는 좋은 장소였다.

비로봉에 도착해 멋진 모습으로 기념촬영을 하고 연화봉으로 이동하는데, 지금껏 본 모습보다 더 아름답고 훌륭했다. 가는 길에 곳곳에 있는 안내판도 눈이 잔뜩 덮여 있었는데, 그 눈을 털어내는 번거로움을 감수하면서도 글을 눈여겨 유심히 읽었다.

천상의 화원, 소백산

야생화와 함께 철쭉꽃이 어우러져 한 폭의 풍경화를 만들어내 붙여진 이름이다. 철쭉은 한자로 척촉(躑躅)이라고 하는데, 꽃이 너무 아름다워 지나가는 나그네가 자꾸 걸음을 멈추어, 이런 이름이 붙여졌다고 한다.

소백산 철쭉꽃은 연분홍색을 내는데, 이는 일교차가 크기 때문이다. 또한 아고산 지대의 낮은 기온과 강한 바람으로 인해 오월 중순 이후에 피기 시작한다.

철쭉은 '사랑의 즐거움'이라는 꽃말을 가지고 있다. 진달래와 비슷하게 생겨서 혼동하기 쉽다. 진달래는 꽃이 먼저 피고 잎이 나지만, 철쭉은 잎과 꽃이 함께 나와 피기 시작한다. 그리고 철쭉꽃은 독성이 있어 개꽃이라 불리며 먹을 수 없지만, 진달래는 참꽃이라 해서 먹을 수 있는 꽃이다.[9]

연화봉으로 가는 길의 아름다운 풍경에 홀려 그냥 지나칠 수 없었다. 내내 촬영했다. 그런 탓에 나와 청유 님은 상당히 뒤처졌다.

연화봉에 도착해 인증 앱을 검색하니 블랙야크 백두대간 인증 장소가 근처에 두 군데나 더 있다는 것을 알았다. 하지만 우리는 거기까지 갈 만한 체력도, 시간도 없었기에 아쉬움을 뒤로한 채 발걸음을 재촉했다. 다음을 기약할 수밖에 없었다.

발뒤꿈치의 살갗이 까져서 고통스러웠다. 움직일 때마다 등산화

---

[9] 비로봉에서 연화봉으로 가는 방향에서 발견한 표지판.

가 내 여린 피부를 짓눌렀다. 청유 님도 어느새 자취를 감췄다. 나는 눈 더미에 풀썩 주저앉아 다리를 뻗고 가방에서 비닐과 휴지 등을 뭉쳐 응급 처치를 했다. 양말을 두 겹이나 신었는데도, 이런 불상사가 생겨버렸다.

잠시 눈구덩이 사이로 들어가 앉았는데, 내 손바닥을 대보니 눈이 쌓인 높이가 약 삼십 센티미터는 족히 되어 보였다. 손바닥 자국을 내려 했으나, 눈이 단단해서 흔적을 남기기가 쉽지 않았다.

아까 청유 님이 미처 개봉하지 못한 즉석 밥을 둘이 사이좋게 나눠 먹고 또 부지런히 걸었다. 무릎의 통증이 골반을 지나 허리까지 이어졌다. 청유 님은 먼발치서 돌아보며 이따금 내게 응원을 보냈으나, 나는 기어들어 가는 목소리로 마지못해 대답할 뿐이었다.

희방폭포를 지나, 마침내 희방사를 발견했다. 인기척은 없었다. 주차장까지 약 사백 미터 남았다고 들었는데, 갑자기 진가 님이 마중을 나왔다. 게다가 구조대에게 도움을 요청한 모양이었다.

"국립공원 직원들이 곧 올 거예요."

"왜 오는데요?"

"차 타고 편히 오세요. 저는 먼저 내려가 있을게요."

"사백 미터 남았다면서요? 그 정도는 저도 갈 수 있는데……"

"아픈 척하도록 해요."

내가 다쳐서 하산이 늦는 거라고, 청유 님이 거짓 핑계를 댄 모양이었다.

'왜 거짓말을 하지? 내가 늦고 싶어서 늦은 게 아니잖아…….'

청유 님은 먼저 주차장으로 출발했고, 진가 님과 나는 구조대의 차를 얻어 타고 내려왔다. 구불구불한 아스팔트 도로를 내려가는데, 여기도 역시 급경사였다. 조수석에 앉은 불안한 마음에 안전띠를 매려 노력했으나, 기력이 없어서 자꾸 실패했다.

"안전띠를 안 매셨네요?"

운전자에게 물었다.

"네? 아, 매겠습니다."

그러자, 뒷좌석에 앉은 다른 직원이 내게 웃으며 말했다.

"본인도 안 맸잖아요! 매고 그런 말을 하세요!"

"아, 저는 기운이 없어서 못 매겠어요⋯⋯."

극심한 피로 탓에 짜증이 밀려왔다. 두피에서 난 땀이 식어 물기가 느껴졌고, 몸에서 땀내가 풀풀 났다. 온 세상이 하얀 동화 같은 꿈결 같은 하루였지만, 산행은 역시 고난의 연속이다. 게다가 항상 꼴찌로 남겨지는 기분은 결코 유쾌할 수 없다.

하산한 시각은 열여섯 시였다. 메주 님께 들은 바로는 선발대가 하산한 시각이 열여섯 시 삼십 분이었다고 한다. 그녀는 남자와 견주어도 절대 뒤지지 않는 강철 체력이다. 그렇게 칭찬하자, 메주 님은 그저 싱긋 미소만 지었다.

영주에서 저녁을 먹고 돌아가고 싶었으나, 오늘 처음 참여한 연인 한 쌍이 다른 일정이 있다고 해서 어쩔 수 없이 바로 출발해야만 했다. 다른 이들은 늦은 시간에도 불구하고 회식을 했으나, 그럴 여력이 털끝만큼도 남지 않았다. 귀가 후 씻고, 바로 기절했다.

30좌
꽃놀이는 산으로

계룡산에서 만난 훈남

이천십구년 삼월 이십사일 일요일, 'ㅅ' 산악회에서 첫 산행을 했다. 원래 지난 십일에 갈 예정이었는데, 공교롭게도 그날 비가 와서 취소됐다. 그런 것을 내 요청을 받아들여 회장 디디 님이 추진했다. 이주 후인 오늘에서야 드디어 충남 공주 계룡산 관음봉에 닿았다.

이날 함께한 이들은 나를 포함해 총 일곱 명이었다. 지녕 님이 사는 동네에서 만나 그와 합류했다. 그는 머스탱이라는 스포츠카를 운전했는데, 좌석은 네 개이지만, 뒷좌석이 비좁았다.

"처음 본 남자가 운전하는 차에 타는 거 위험하지 않아요?"
그가 내게 물었다.

"왜요? 혹시 범죄자세요?"
의연하게 되물었다.

"아니요, 그건 아니지만……."
오히려 그가 당황했다.

"저 이래 봬도 유단자예요!"
야무지게 대답했다.

아홉 시에 동학사 소형 주차장에 집합해 서로 인사를 나눴다. 이 모임에서는 실명을 밝히지 않고 별명으로 활동한다. 디디 님과 미소 님, 앙꼬 님이 한 차를 타고 도착했다. 나중에 안 사실이지만, 디디 님과 미소 님은 사귄 지 얼마 안 된 연인이라고 했다. 내가 그들의 가방에 붙어있는 강아지를 보고 질문을 했더니 미소 님은 별 반응이 없었고, 디디 님은 자신이 그녀와 사귀고 있다는 것을 확실히 밝혔다.

치맥 님과 메기 님은 각자 자신의 자가용을 운전해서 왔는데, 메기 님은 지각했다. 사연을 들어보니, 전날 술을 마시고 친구와 모텔에서 묵어서 산행하기에는 옷차림이 다소 무리 있어 보였다.

"메기 님 어제 외박했대요!"

여럿이 모였을 때, 내가 장난을 쳤다.

"아, 친구랑요……."

메기 님이 앙꼬 님을 보고 변명하듯 말했다.

"저 아무 말도 안 했어요!"

앙꼬 님이 대답했다.

메기 님은 도시락도 준비하지 못해서 편의점에서 삼각 김밥을 하나 샀는데, 그걸 들고 다닐 가방이 없어서 종이 가방을 하나 구입했다.

"차라리 삼각 김밥을 두 개 사서 우리 중 한 명한테 맡기면 되잖아요. 하나는 메기 님이 먹고, 다른 하나는 짐을 들어준 사람이 먹으라고 하면 될 텐데."

내가 그에게 이렇게 말하자, 그는

"아, 그런 방법이 있었군요……"

하고 대답했다. 그는 산행 내내 한쪽 손에 귀찮은 짐을 들고 다녔다. 그 모습이 불편해 보였지만, 그는 한사코 도움받는 것을 거부했다.

"메기 님은 등산 외에 다른 운동하는 게 있어요?"

내가 질문했다.

"네, 있어요. MMA요."

그가 대답했다. 생소한 단어에 나는 내 귀를 의심했다.

"네? 애매하다고요?"

"아뇨, 격투기요."

지금 돌이켜보면, 우스꽝스러운 상황이다.

계룡산에는 어젯밤에 눈이 내려서 아직 녹지 않은 상태였다. 곳곳에 흰 눈이 쌓여 있어서 미끄럽다. 아이젠을 준비해 가서 착용했으나, 조금 지나자 양지가 나왔다. 아이젠은 영 쓸모가 없었다. 음지에서는 눈이 미끄러워서 잠시 고생한 구간도 있었으나, 전체적으로 무난했다.

이윽고 남매 탑이 보였다. 이 탑에는 다음과 같은 전설이 전해
진다.

신라 시대 때 상원 조사가 이곳에서 토굴을 만들어 수도를 하
고 있었다. 그러던 어느 날 호랑이 한 마리가 나타나 울부짖으며
입을 벌리고 있었다. 스님이 입속을 자세히 들여다보니, 큰 가시
하나가 목구멍에 걸려 있었다. 뽑아주었더니, 며칠 뒤에 호랑이
는 한 아리따운 처녀를 등에 업고 와서 내려놓고 갔다.

처녀는 경상북도 상주인으로 혼인을 치른 날 밤 호랑이에게 물
려 여기까지 오게 되었다고 스님에게 말하였다. 그때는 산에 눈
이 쌓이고 날씨도 추운 겨울이라서 돌려보낼 수 없어 추위가 물
러가고 봄이 오자 스님은 처녀를 집으로 돌려보냈다. 그러나 그
처녀의 부모는 이미 다른 곳으로 시집보낼 수도 없으니, 부부의
예를 갖추어 주기를 바랐다.

이에 스님은 고심 끝에 처녀와 의남매를 맺고 비구와 비구니로
서 불도에 힘쓰다가 한날한시에 입적했다. 이렇게 의남매의 연을
맺어 수행자로서 열심히 정진한 두 분을 기리기 위해 스님의 제
자인 회의 화상이 화장 후 사리를 수습하여 탑을 건립하게 되었
다. 이 탑을 남매 탑 또는 오누이 탑이라 부르게 되었다고 한
다.10)

계족산 최고봉인 삼불봉을 거쳐 목적지 관음봉으로 향했다. 약
사백 개의 계단을 쉼 없이 올라 마침내 정상에 도착했다. 허벅지
가 터질 것만 같았다! 정상에서 인증 사진 촬영을 한 후, 점심을

---

10) 오누이 탑 팻말.

먹고 은선폭포로 하산했다.

　우측으로 보이는 폭포가 은선폭포(隱仙瀑布)로 옛날 신선들이 숨어서 놀았을 만큼 아름다운 곳이라 하여 이름 지어졌으며, 폭포의 물줄기가 낙차하며 피어나는 운무는 계룡 팔경 중 칠경으로 지정되어 계룡산의 자랑거리가 되고 있다.[11]

　등산할 때는 나와 메기 님이 후발대여서 선발대와 간격이 많이 벌어졌는데, 하산할 때는 디디 님이 천천히 갔다.
　"제가 하산이 좀 느린 편이에요."
덕택에 마음 편히 천천히 내려올 수 있어서 좋았다.
　"우리 여기서 단체 사진 한 장 찍고 가는 거 어때요?"
데크에 도착해 지녕 님이 우리에게 제안했다.
　"네, 그래요."
　"실례합니다. 사진 좀 찍어 주실래요?"
그는 검은 반소매 티셔츠를 입은 남자에게 말을 건넸다. 그는 우리를 등진 채 풍경을 감상하는 중이었다. 그가 입은 검은 상의 등에는 119라는 흰색 숫자가 뚜렷이 적혀있었고, 그의 왼쪽 발목 언저리에는 한자로 문신이 새겨져 있었다. 또, 그의 팔에는 블랙야크 인증 수건이 걸려 있었다.
　"인증 몇 개나 했어요?"
내가 물었다. 그는 대답이 없었다. 귀에 이어폰을 끼고 있었는데, 음악을 듣고 있어서 내 목소리가 잘 안 들리나 보다. 지녕 님이 내 질문을 그에게 대신 한 번 더 물어봐 주셨다.
　"여섯 개요."

---

11) 은선폭포 팻말.

그가 대답했다.

"발목에 있는 문신은 무슨 뜻이에요?"

내가 물었다.

"……."

그는 이번에도 내 질문에는 대답이 없었다.

지녕 님이 그에게 잘 생겼다고 칭찬을 했다. 듣고 보니, 그는 이목구비가 뚜렷했다. 누가 봐도 호감을 가질 듯한 인상이었다. 뜨거운 봄 햇살에 조금 상기됐을 뿐인 피부는 잡티 하나 없이 말끔했다.

"어디서 오셨어요?"

지녕 님이 그에게 질문했다. 그는 평택에서 왔다고 대답했고, 우리가 내려온 방향으로 올라갔다. 혼자 온 모양이었다.

정상에서부터 한기를 느껴서 털모자를 쓰고, 겉옷을 껴입고, 넥워머를 두르고 있었으나, 또다시 더위를 느끼고 허물 벗듯이 탈의했다. 다른 이들은 특별히 옷차림을 재정비하지 않았다. 마음을 완전히 비우고 만년 꼴찌를 지키며 하산했는데, 인기척이 느껴져 문득 고개를 돌려 뒤를 보니 아까 만난 소방관 청년이 보였다.

"어, 벌써 정상까지 다녀왔어요?"

내 눈이 휘둥그레졌다.

"네. 다른 길로 가야 하는데, 여기로 잘못 와버렸네요."

그 말을 듣고 의아했다.

'이상하네……. 애초에 다른 길로 가려고 마음을 먹었으면, 여기로 올 리가 없는데?'

낯선 사람도 반기고, 호기심이 다분한 나는 그에게 마구 질문 세례로 퍼부었다.

"몇 살이에요?"

"서른 살이요."

"아, 얼굴 보고 이십 대 후반이나 삼십 대 초반일 거라 예상했어요. 왜 혼자 왔어요?"

"퇴근 후에 동료들과 함께 등산 가는 건, 다들 피곤해해서요. 내일 또 출근해요."

"교대 근무라서 힘들겠어요. 그런데, 왜 계룡산으로 왔어요? 평택에 산다면서요?"

"집은 천안이에요. 평택에는 명산이 없어요."

"천안 하면, 광덕산이죠. 저, 거기 가봤어요."

"네, 저도요. 칠갑산이랑, 용봉산도 갔어요."

"오, 저도 최근에 간 곳들이네요! 산악회 가입해서 활동하는 건 어때요?"

"네, 한번 생각해 볼게요."

그 대답이 거절의 완곡한 표현이라는 것을 잘 안다. 내가 그와 나란히 걸으며 가자, 앞서가던 우리 일행들이 힐끔힐끔 나를 돌아봤다.

"저는 화장실 들려야겠어요. 천안까지 조심히 가세요."

"아, 네. 안녕히 가세요."

그는 우리에게 인사를 하고 먼저 사라졌다.

이후로 평탄한 길이 쭉 이어졌다. 나와 지녕 님, 치맥 님이 선두에서 걸었다.

"치맥 님, 바지에 흙이 잔뜩 묻었네요."

내가 치맥 님 뒤에서 그에게 말을 걸자, 내 뒤에서 지녕 님이 왈(曰),

"님 옷에도 많이 묻었어요. 내 차 타기 전에 옷 잘 털고 타세요."

하고 거들었다.

"그럼, 바지를 벗고 탈까요?"

이렇게 내뱉고 깔깔깔 웃었다. 그리고, 이렇게 덧붙였다.

"지녕 님, 비 형이죠?"

"네, 맞아요."

"그럴 것 같았어요. 치맥 님은 에이 형이죠?"

"네, 에이 형이요."

"역시, 내 감은 잘 맞아!"

그런데, 소방관 청년을 또 만났다. 그는 이번에도 뭔가 골똘히 관찰하고 있는 듯했다. 다가가 그의 어깨를 살짝 건드리며, 존재를 나타냈다.

"또 만났네요?"

우리는 다시 대화를 나누며 걸었다.

"블랙야크 명산 100 인증하기 전에도 등산 많이 다녔어요. 예전에 여기 왔을 땐 벚꽃축제를 하더라고요."

그가 말했다.

"벚꽃축제는 누구랑 왔어요? 애인이랑?"

"혼자요. 애인 없어요."

"왜 애인이 없을까? 산 좋아하니까 등산 다니면서, 여자 사귀어 보는 건 어때요? 우리 모임 가입하고 같이 산타요."

열심히 영업했다.

"저 앞에 걸어가는 저 사람들 보이죠? 남자가 두 살 어린 연상연하 연인이래요. 여기서 만나서 사귀게 됐대요. 아까 제가 남자분한테, 누가 고백했냐고 물어봤거든요."

"네, 한번 검색해 볼게요."

우리는 주차장 앞에서 웃으며 작별 인사를 했다. 그는 당일 이십시에 단체 대화방에 들어왔고, 곧장 카페에 가입했다.

계룡산은 풍수지리에서도 우리나라 4대 명산으로 꼽힐 뿐 아니라, 관광지로도 오등을 차지하여 국립공원으로 지정되어 있다. 특히, 계룡 팔경은 경치가 아름다워 많은 관광객이 찾아든다. 계룡산은 공주·부여를 잇는 문화 관광지로서, 유성온천과도 연결되는 대전광역시 외곽의 자연공원으로 크게 각광 받고 있다.[12]

12) 네이버 지식백과.

벚꽃 나들이 진안 마이산

이천십구년 사월 이십일 토요일, 진안 마이산으로 꽃놀이를 떠났다. 남자 둘, 여자 둘이 여덟 시에 모여 출발했고, 짱구 님은 야간근무를 마친 후 진안에서 우리와 합류했다.

내가 처음에 마이산 도립공원의 홈페이지를 검색했을 때, 남부 주차장에서 시작해 탑사를 지나 암마이봉까지 가는 등산로를 가려고 계획을 했으나, 시간이 꽤 오래 걸릴 것 같았다. 그러던 중, 어느 블로그를 보고 영향을 받아 계획을 변경하게 됐다. 블로그는 지극히 주관적인 정보이기에 여러 번 마이산 관계자에게 전화로 문의를 했다.

그 결과, 가위 박물관에서 시작해 편도 오백 미터(오십 분)이면 목적지에 도착할 수 있다는 말을 들었다. 등산은 지름길로 가서 서둘러 하고, 하산 후에 여유롭게 벚꽃놀이를 하기로 마음먹었다. 결과는 순조로웠다.

가위 박물관에서 오르는 길에는 진달래와 개나리가 간간이 보였다. 벚꽃은 한 그루도 볼 수 없었다. 초반부터 계단이 등장했는데, 수미 님은 등산 스틱을 사용했다. 헤어진 남자 친구가 사준 등산 장비들이라고 했다.

'헤어졌는데도 선물 받은 물건들을 계속 쓰는구나. 등산복도 입을 때마다 계속 생각이 날 텐데.'

수미 님은 지난겨울에 마이산에 처음 왔을 때, 암마이봉이 통제 기간이라서 중도에 하산했다고 내게 말했다. 그래서 이번에 다시 한번 오게 된 것이다. 그녀는 다른 산악회에서 운영진으로 활동하다가 이성 교제를 하게 됐는데, 갈등이 생겨서 운영진도 관두고 탈퇴했다고 한다. 전 남자 친구는 그녀보다 다섯 살 연상이었는데, 평일에는 각자 직장을 다니느라 바쁘고, 주말마다 고정적으로 등산을 하다 보니 단둘이 보낼 시간이 적어 그가 불만이 많았다고 한다. 안타까운 일이다.

놀랍고도 흥미로운 건, 수미 님과 사귀었던 남자를 다른 모임에서 몇 개월 후에 우연히 만났게 됐다. 그리고, 여기엔 또 복잡한 인간관계가 있었다.

하산할 때 쓰려고 등산 스틱을 배낭에 고정하고 올랐는데, 직각에 가까운 험한 암벽과 평탄한 계단 사이에서 스틱을 사용할 기회는 전혀 없어 보였다. 오를 때 너무 힘들어서, '도대체 이 고생이 언제 끝나나!' 하고 한탄했다.

"산행 주최자가 왜 그래요?"
수미 님이 웃으며 내게 물었다.

"저는 등산을 안 좋아합니다."
내가 단호히 대답했다. 사실, 이 산행은 내가 마이산의 벚꽃을 보고 싶어서 진행한 모임이었다.

예상했던 것보다 십 분 단축된 사십 분 만에 암마이봉에 도착했다. 우리는 각자 준비해 온 간식들 오렌지, 바나나, 바나나 초코파이, 카스타드 바 등을 나눠 먹고, 기념촬영을 한 뒤 하산했다.

남자들은 내게 이 정도 길은 등산화 안 신어도 된다고, 너무 쉽다고 말했다. 준비를 덜 해서 후회하느니, 차라리 철저히 준비하는 편이 안전하다고 내가 맞받아쳤다.

"원래 트레킹화 신으려고 했는데, 벙주[13] 님이 트레킹화는 안 되고, 등산화 꼭 챙기라 해서 등산화를 신었어요."
패시 님이 말했다.

"아까와 같은 급경사는 등산화가 필수예요. 등산화 안 신으면 발목 아프고 미끄러워요. 등산 소요 예상 시간도 사실 두 시간 내외인데, 저는 일부러 세 시간으로 넉넉히 잡았어요."

하산 후, 미리 점찍어둔 식당으로 이동해 버섯전골, 산채비빔밥, 도토리묵, 돈가스를 배불리 먹었다.

---

13) 모임 주최자(은어).

"음식을 남기면 안 돼요!"

패시 님은 잔반을 남김없이 탈탈 털어 입어 넣었다. 과연 사람인가, 하이에나인가? 그 집요한 성실함에 나는 놀라고 말았다!

수미 님과 패시 님은 토실이 님의 차에 탔고, 나는 짱구 님의 자가용 조수석에 앉아 남부주차장으로 향했다.

짱구 님은 대구 출신으로, 휴무가 불규칙한 직장인이다. 연간 이회 지리산 종주를 한단다. 혼자 등산을 다니는 건 위험해서, 산악회에 가입했다고 말했다. 구체적인 사연을 듣자 하니, 그는 혼자 산행 도중 곰 두 마리가 지나가는 것을 보고 무척 놀란 모양이었다. 다행히 곰들은 그를 못 봤다는데, 한 걸음 한 걸음 발을 내디딜 때마다 땅이 쿵쿵 울렸다고 한다. 상상만 해도, 가슴이 벌렁벌렁하고 심호흡이 가쁘다.

짱구 님과 한창 대화 중이었는데, 자동차 트렁크 안에 넣어둔 내 배낭 주머니에서 휴대전화 소리가 울렸다. 전화가 온 모양이었다. 받지 않았다. 잠시 후, 짱구 님 핸드폰으로 알람이 왔다. 나를 찾는 연락이었다. 황급히 패시 님에게 전화했다. 패시 님이 내게 물었다.

"남부 주차장까지 한 시간 거리라고 나오는데, 원래 이렇게 멀어요?"

"아뇨, 가까워요! 그럴 리가 없는데……. 우리는 거의 다 왔어요!"

나중에 알고 보니, 나들이 온 관광객들이 많아 교통체증 때문에 소요 시간도 역시 증가한 것이었다.

벚꽃은 거의 지고 연둣빛 새싹이 움틀 무렵이었다. 매우 실망하고 말았다. 마이산 관리사무소에 전화해 관계자에게 벚꽃의 개화 상태를 문의했을 땐, 주말에 절정을 볼 수 있을 거라고 들었기 때문이었다.

"이게 절정이라니! 어딜 봐서 절정이야? 다 졌는데……. 전화해서 관계자한테 따질까?"

남부주차장으로 가는 길목에 차량이 정체되어 있어서, 우리는 공터의 적당한 지점에 주차를 완료한 후, 본격적인 꽃놀이를 시작했다.

부분적으로 나무 몇 그루는 흐드러지게 아름다운 자태를 뽐내고 있어서 다행이었다. 호수와 타포니 절벽과 벚꽃 가로수가 조화로웠다. 호수에는 오리 배가 돌아다니고 있었다. 친구, 연인, 가족들이 삼삼오오 모여 봄날을 만끽하는 모습이 정겨웠다.

"저는 좋은데요? 지금 풍경도 예뻐요!"

토실이 님이 내게 긍정적으로 말했다. 그는 매 순간마다 열정적으로 우리들의 모습을 사진기에 담아냈다. 오늘 모인 인원 중에서 'ㅅ'산악회 최고참인 이분은 운전도 해주시고, 사진도 잘 찍어주시고, 고맙게도 나중에 간식도 사주셨다!

입장료를 지불하고 탑사까지 걸어갔다가 돌아 내려왔는데, 우리가 입장할 때 대기했던 줄보다 관광객들이 더 길게 줄지어 서 있었다. 남부주차장으로 들어가려는 차들은 여전히 길 위에 서 있었다. 내 관점에서 볼 때, 마이산의 벚꽃축제는 비교적 덜 붐볐다. 내가 그동안 다녔던 명산 100 중 전반적으로 한산한 편에 속했다.

귀가하니, 열아홉 시경이었다. 예상보다 한참 늦은 시간이었지만 화기애애한 분위기 속에서 성공적으로 잘 마친 것 같아 나는 흡족했다. 평화로운 토요일이었다.

조선시대 태종이 남행하면서 두 암봉이 나란히 솟은 형상이 마치 말의 귀와 흡사하다고 해서 마이산이라는 이름이 붙여졌다. 이 마이산은 정면보다 측면에서 보면 말이 귀를 쫑긋 세운 것처럼 보인다. 지금은 속칭으로 동쪽을 숫마이봉, 서쪽을 암마이봉이라고 부른다.

이름에서 알 수 있듯이 뾰족하고 굳건하게 서 있는 산이 동쪽 산이고, 부드러우면서도 육중한 멋을 드러내는 것이 서쪽 산이다. 이 두 암봉 사이의 계곡을 강정골재라 하며, 일대의 자연경관과 사찰들을 중심으로 천구백칠십구년 시월 전라북도의 도립공원으로 지정되었다.

깎아지른 듯한 숫마이봉 기슭의 숲속에는 은수사(銀水寺)라는 절이 있고, 그 밑에는 그 유명한 마이산 돌탑이 쌓여져 있다. 이 돌탑들은 십구 세기 말경 이갑용(李甲用) 처사가 쌓아 올렸다고 전해진다.

마이산 암마이봉과 숫마이봉 사이의 천황문에서 남쪽 계단을 따라 조금 내려가면 은수사와 탑사가 있다. 이곳에서 마이산 봉우리의 남쪽 사면을 올려다보면 바위 표면에 포탄 세례를 맞은 듯 군데군데 커다란 구멍들이 군집을 이루고 있는 모습이 보인다.

역암이 지표에 노출되어 풍화와 침식을 받으면 역 주위의 점토나 모래가 먼저 풍화되어 역이 그 자리에서 쉽게 빠져나가게 된다. 잇몸이 부실해지면 이가 쉽게 빠지는 것과 같은 원리이다. 이렇게 차별침식으로 생긴 벌집 같은 구멍을 타포니(tafoni)라고 부른다.14)

---

14) 〈위성에서 본 한국의 산지 지형 - 마이산, 콘크리트화된 돌산의 수많은 공동 집합체〉 지광훈·장동호·박지훈·이성순, 2009. 12., 네이버 지식백과.

악! 소리 나는 완주 모악산

이천십구년 사월 이십팔일 일요일, 완주 모악산에서 알바[15]했다. 'ㅈ' 산악회의 기우 님, 써니 님, 고라니 님과 함께했다.

작년 여름과 겨울에도 모악산을 등정하려 했으나, 한 번은 인원 모집이 안 돼서 못 가고, 또 한 번은 늘골 골절로 인해 못 갔다. 'ㅈ' 산악회의 운영진 기우 님에게 부탁해 인원 모집을 해서 네 명이 모였지만, 일기 예보를 보니 비 소식이 있었다. 허탈했다.

당일이 되자, 기상청은 비가 아니라 흐림을 예보했다. 세 번째 도전 끝에 가까스로 모악산의 정상에 닿을 수 있었다. 이번에는 기필코 가고야 말리라 다짐해서, 어렵게 다녀온 것이다.

고라니 님과 합류해 집결지로 이동했다. 하늘에서 비가 쏟아지고 있었다. 우울해서 외출하기가 매우 싫었으나, 내가 가자고 해서 모인 자리이니 본인이 빠질 수는 없었다. 마음을 고쳐먹었다.

기우 님과 써니 님을 만나 합류했다. 기우 님은 운전하는 동안 간혹 짜증을 냈는데, 다른 운전자들이 무례한 주행을 한 모양이었다.

모악산은 다른 산들과 비교적 상점이 적은 편이었다. 편의점이 고작 두 개, 카페가 하나 있을 뿐 식당은 전혀 보이지 않았다. 고라니 님의 관찰이었다.

등산을 시작할 때는 비가 와서 서늘했다. 시작점은 사랑 바위 다리였다. 선녀폭포와 사랑 바위에는 다음과 같은 전설이 전해진다.

먼 옛날, 선녀폭포에 보름달이 뜨면 선녀들이 내려와 목욕을

---

15) 예정된 등산로를 벗어나 헤맨다는 뜻(은어).

즐기고, 수왕사 약수를 마시며 모악산의 신선대에서 신선들과 어울렸다. 어느 날, 폭포를 지나던 나무꾼이 선녀를 발견했다. 그들이 대원사 백자골 숲에서 사랑을 속삭이며 입 맞추는 순간, 난데없이 뇌성벽력이 요란하게 울렸고, 두 남녀는 돌이 되고 말았다. 그 모습이 사랑을 속삭이는 듯하여 '사랑 바위'라고 부르며, 여기에 지성을 드리면 사랑이 이루어진다고 전해진다.16)

대원사를 지나 수왕사로 가는 도중 하늘이 개고, 점점 더워졌다. 남성인 기우 님과 고라니 님은 확실히 걸음이 빨랐고, 여성인 나와 써니 님은 느렸다.

느린 사람들이 앞에 서고, 빠른 사람들이 뒤에 서서 가게 됐다. 남자들의 배려였다. 덕분에 뒤처지지 않고 산행을 잘할 수 있었다.

무제봉을 지나 정상에 오르니 맑은 하늘과 하얀 구름, 탁 트인 시야 아래 드넓은 산맥이 굽이굽이 흐르는 모습이 한눈에 들어왔다. 산줄기가 마치 어머니의 치맛자락 같았다.

일행 중 블랙야크 명산 100 인증하는 사람은 나뿐이었지만, 다른 등산객 중에는 인증하러 온 사람들이 몇몇 보였다. 전반적으로 한산한 편이어서, 평화로웠다.

그늘 밑 벤치에 앉아 기우 님의 김밥과 짜파게티, 써니 님의 유부초밥, 고라니 님의 막걸리 그리고 내가 가져온 과자를 사이좋게 나눠 먹었다. 여유롭게 하산 길로 들어섰다.

하산은 신선바위, 천일암, 천룡사, 사랑 바위 다리로 할 예정이어서 원점회귀가 아니었다. 기우 님이 지도를 보고 앞장섰으나 우리 모두 초행길이라 확신이 없었고, 이정표가 없어서 애를 먹었다.

행인의 안내를 따라 하산하려 했으나, 어느 참견쟁이 아저씨의 방해로 길을 잃고 한참을 헤맸다.

---

16) 선녀폭포·사랑 바위 안내판.

"모악산까지 왔으니 신선 바위는 꼭 보고 가세요! 엄마가 아이를 안고 있는 형상이랍니다. 이걸 보러 모악산(母岳山)에 오는 거예요."

그는 우렁찬 목소리와 푸근한 인상의 소유자였는데, 자신 있게 소개하는 모습이 꽤 믿음직스러웠다. 우리는 그의 말을 철석같이 믿고 가던 길을 틀었는데, 그게 곧 화근이 될 줄은 아무도 몰랐다.

한참 하산하는데, 기우 님이 말했다.

"아무래도, 잘못 내려온 것 같아요."

지도를 살펴보니, 목적지와는 점점 멀어져 갈 뿐이었다. 고라니 님은 그냥 이대로 하산해서 택시를 타고 원점으로 돌아가자고 했다. 하지만, 그 길은 훨씬 더 시간이 걸릴 것 같아서 우리는 하산한 길을 되돌아갔다. 남자들은 멀쩡했지만, 여자들은 점점 지쳐만 갔다.

신선 바위로 추정되는 것은 아무것도 발견하지 못했다. 이상했다. 준비해 간 생수가 바닥을 드러냈고, 써니 님도 마찬가지였다. 고라니 님이 가져온 물을 절반씩 여자들에게 나눠줬다.

등에 땀이 질펀했다. 겉옷을 배낭과 내 등 사이에 걸쳐 놓은 상태로 이동했는데, 두꺼운 옷이라서 통풍이 안 되는 모양이었다.

"아, 그러고 보니 내가 겉옷을 허리에 걸치고 있어서 자꾸 땀이 나는구나!"

"옷을 배낭에 집어넣으면 되잖아요?"

고라니 님이 내게 조언했다.

"배낭마저 날씬하고 싶어서요!"

싱긋 웃으며 대답했다. 그의 얼굴에 순간 황당한 기색이 흘렀다.

"뭔가 적당히 들어 있어야 배낭이 보기 좋지 않을까요? 홀쭉하면 안 예쁜데……."

"날씬한 사람은 아마 이해 못 할걸요."

그의 당황한 낯을 보고, 깔깔거렸다.

왔던 길을 되돌아가서 주변을 다시 둘러보니, 우리가 놓친 이정표가 구석에 있었다. 그 구조물은 상당히 애매한 위치에 놓여 있어서, 충분히 헷갈릴 만한 오해의 소지를 지니고 있었다. 그 이정표를 촬영해서 완주군청에 건의하리라 마음먹었고, 다음 날 바로 시행에 옮겼다.

새로 들어선 길에서 발견한 신선 바위(신선대)는 별로 신선 같아 보이지 않았다. 게다가 팻말에는 아까 만난 아저씨가 말했던 모자(母子)의 모습에 대한 언급은 전혀 없었다. 팻말의 내용은 다음과 같다.

두 신선이 구이저수지를 내려다보고 있는 형상을 한 이 바위는 옛날에 신선들이 내려와 노닐던 곳이라고 한다. 선녀들이 선녀폭포에서 맑은 물에 목욕하고, 신선대에서 신선들과 어울렸다고 한다. 이 바위는 맑고 신령한 기운 속에서 깊은 명상을 할 수 있는 장소로 알려져 있다.

그 이후에 아주 짧았지만 험난한 구간이 있었다. 우리는 줄을 붙잡고 아슬아슬 뒷걸음치며 조심스럽게 발을 내디뎠다. 이야기하는 데 정신이 팔려서 잠시 방심했는데, 흙을 밟고 주르륵 미끄러질 뻔했다. 다행히 넘어지진 않았는데, 뒤에 있던 기우 님도 똑같이 흙을 밟고 중심을 잃었다.

옆에서 갑자기 바위가 저절로 움직이더니, 우측 발등을 찧고 빠른 속도로 굴렀다. 순간 생명의 위협을 느끼고, 어서 여길 벗어나야겠다는 생각이 번쩍 들었다. 그깟 통증은 아무것도 아니었다.

"방금 발등 찧은 거 아니에요? 내가 잘못 봤나?"
고라니 님이 내게 물었다.

"맞아요! 하지만, 상처는 하산 후에 살펴봐야겠어요."

"으악, 하산 길이 아니고 황천길인가? 저 내일 여기 다시 와봐야겠어요!"

고라니 님은 내일도 휴무인데 딱히 갈 곳이 없다며, 이 길로 등산을 해보고 싶다고 말했다. 과연 젊은이는 패기가 남다르다.

무사히 하산을 마쳤다. 전주 완산 꽃동산으로 번개같이 이동했다. 겹벚꽃과 철쭉이 아름다운 곳인데, 여기도 나름 산이다. 팻말에는 다음과 같이 적혀있었다.

투구봉은 완산 7봉의 봉우리 중 유달리 벼락을 많이 맞아 나무가 살아남지 못한 밋밋한 산등성이이다. 그 모양이 마치 군인들의 투구처럼 보인다고 해서 투구봉이라 불리고 있다.

겹벚꽃은 지면서 연둣빛 잎사귀가 파룻파룻 돋아나고 있었고, 철쭉은 만개해서 절정을 보여주고 있었다. 가족과 연인, 친구와 삼삼오오 짝을 지어 나들이를 온 사람들의 얼굴에는 즐거움과 행복감이 느껴졌다. 나이가 지긋하신 어르신들도 화기애애한 표정으로 사진 촬영하기에 여념이 없어 보였다.

불타는 철쭉은 마치 가을 단풍처럼 착각을 불러일으킬 정도였다. 이 매혹적인 광경에 다들 넋을 잃고 탄성을 질렀다. 아담한 공간에 오밀조밀 잘 꾸며놓은 꽃동산이었다. 고라니 님이 말했다.

"와, 할머니 모시고 또 오고 싶네요!"

삼겹살과 칼국수로 포식을 하고, 다음을 기약하며 헤어졌다. 귀가하니, 이십일 시였다. 기대하지 않았던 모험과 열정이 듬뿍 담긴 흥미진진한 첫 참석이었다.

구전에 의하면, 모악산 꼭대기에서 아기를 안고 있는 어머니의

모습을 닮은 큰 바위가 있어 모악산이라 했다고 한다.[17)

---

17) 한국민족문화대백과.

철쭉과 지리산 바래봉

이천십구년 오월 십이일 일요일, 'ㅊ' 산악회에서 열 명의 회원들과 함께 남원 지리산 바래봉을 올랐다. 이날 나는 블랙야크 명산 이십 좌를 달성했다. 뿌듯했다.

여덟 시에 모여 승합차를 타고 지리산으로 이동했다. 내가 삼년 전에 단 한 번 참석했던 여행 동호회의 회장과 회원 한 명을 이곳에서 우연히 재회했다. 그분들은 그 당시 삼십 대 후반이었던 것으로 기억하는데, 삼 년이 흐른 지금도 여전히 미혼이었다.

회장 환대 님은 블랙야크 명산 100 인증을 하며 체중을 꽤 감량했는지, 과거의 모습보다 훨씬 젊어 보였다. 정모 님은 마르고 길쭉한 몸매의 소유자인데, 사연을 들어보니 허리와 무릎이 많이 아픈 모양이었다. 그는 원래 집돌이 성향인데도 불구하고, 동호회 야외 활동을 상당히 열심히 한다.

그밖에 스물아홉 살인 미향 님과 미니 님은 이날 참여한 인원 중 가장 막내였으며, 초면이지만 동갑인 덕분에 금세 가까워진 모양이었다. 미니 님은 여섯 살 연상의 명호 님과 연애 중인 듯 보였다.

영중 님은 청바지를 입고 왔다. 불편해 보인다고 말했더니, 그는 괜찮다고 대답했다. 그도 역시 블랙야크 명산 100 인증을 약 십좌 완주했는데, 무릎이 아파서 지금은 그만두었다고 했다. 몸을 단련하기 위해 대전 보문산을 매일 등산한다고 했는데, 건강에 도움이 된다며 긍정적인 태도를 보였다.

현지 님은 세련된 외모와 밝은 미소, 재치를 지닌 분으로 내게 느껴졌다. 그녀는 영업직이라고 했다. 그녀가 데려온 지인 미정 님은 정모 님처럼 마찬가지로 집순이인데, 등산화는커녕 얇디얇은 캔버스 운동화를 신고 있었다. 그녀 역시 영중 님처럼 청바지 차림이었다.

"이 신발을 신고 지리산을 오른다고요?"

내가 다그치듯 미정 님에게 물었다.

"등산화도, 운동화도 없어요……."

황당했다. 나중에 알고 보니, 미정 님은 지리산 바래봉이 초급 산행이라고 알았기에 따라나선 것이었다. 그 점은 모임장과 운영진의 착오이자, 실수였다.

지리산 바래봉 등산 계획 공지를 처음 봤을 때, 사전에 모임장 환대 님에게 등산 소요 시간을 문의했다.

"왕복 약 세 시간 걸려요."

그의 답변이었다. 하지만, 예상 시간은 어디까지나 예상일 뿐, 막상 등산하면 예기치 못한 변수가 다양하다. 왕복 세 시간보다는 훨씬 더 걸릴 것을 감안하고 만반의 준비를 마쳤다. 산을 오르기 시작한 때는 열 시 삼십 분경이었다.

등산객들이 꽤 많았다. 등산로 입구를 좀 지나자 만발한 철쭉이 보였다. 불길한 예감이 들었다.

'지상에 가까운 이곳이 절정 시기이면, 정상의 철쭉들은 아직 안 폈을 텐데……?'

그늘에 앉아 각자 준비한 간식을 나눠 먹었다. 김밥, 과일, 초콜릿 등을 먹자 배가 불렀다. 아직 등산을 시작한 지 얼마 지나지 않은 시점이었고, 점심을 먹기에도 이른 시간이었다. 이 모임은 다행히 재촉하는 사람이 단 한 명도 없었다.

선발대는 환대 님, 명호 님, 정모 님, 주언 님이었고 중발대는 나와 미향 님, 미니 님, 세창 님, 그리고 후발대는 미정 님과 영중 님, 현지 님이었다. 미정 님은 매우 힘들었을 텐데도 불구하고 군소리 한마디 없었다. 영중 님이 미정 님을 곁에서 잘 보살폈으나, 그녀는 그의 등산 스틱을 잡고 마지못해 질질 끌려가는 듯 보였다.

정상에 이르기 직전에 쾌적한 평지를 발견하고 점심을 먹었다.

새벽 네 시에 일어나 부랴부랴 준비한 달걀 만두가 보온 용기 덕분에 아직 온기가 느껴졌다.

"어, 아직 따뜻하네!"

곁에 앉은 명호 님이 놀라서 소리쳤다.

다수의 회원들이 과일을 먹어 배가 부르다며, 제대로 식사하지 않고 대충 끼니를 때웠다. 맥주를 마시는 사람도 있었다. 간단히 요기를 마친 후, 우리는 다시 기운을 내어 씩씩하게 출발했다. 기분 좋은 산들바람이 간간이 불어왔다.

용산 주차장에서 바래봉 삼거리를 지나 바래봉 정상까지 갔다. 길은 잘 닦여 있었으나, 경사가 완만한 편은 아니었다. 객관적으로 완벽히 초급이라고 보긴 어려웠다.

바래봉 정상에는 아직 철쭉이 안 피고, 봉오리만 살짝 올라왔다. 아쉬웠다. 한 등산객이 혼잣말처럼 이렇게 말했다.

"딱히 볼 것은 없는 산이네요."

그 말을 듣고, 그의 곁에 다가가 이렇게 한 마디하고 쓱 지나갔다.

"여기 100대 명산이에요."

그러자, 그들끼리 작게 소곤거리는 소리가 귓전에 스쳤다.

"산을 사랑하시는 분인가 봐요!"

생판 모르는 남이 보기에도 내가 산을 참 좋아하는 것처럼 보이나 보다. 그런 오해를 매번 받지만, 부인한다.

"저 등산 안 좋아하는데요?"

적절한 시기에 오면 감동적인 풍경을 볼 수 있었을 텐데, 운이 부족함을 탓할 뿐이었다. 꽃의 절정 시기를 맞추는 것이 항상 관건이다.

오늘이 아니라 다음 주에 오길 바랐는데, 아무래도 회장의 판단과 실행에 맡기는 것이 순리이기에 어쩔 수 없이 따랐다. 지리산은 아침, 저녁으로 일교차가 상당히 크고, 철쭉이 다른 곳보다 늦게 핀다고 한다.

정상석에서 인증 사진을 찍기 위해 긴 시간 줄을 서서 대기했으나, 일행은 저만치 아래에 있었다. 명호 님은 귀찮았는지, 인증 사진을 찍어달라는 내 부탁을 거절했다.

내 뒤에 서 있던 모르는 이에게 촬영을 부탁할 수밖에 없었고, 북적거리는 인파 속에서 허둥지둥 쫓기듯 사진을 찍고 하산했다. 안타까웠다.

하산은 원점 회귀가 아니라 덕두산, 월평마을 방향으로 했는데, 등산했던 길보다 훨씬 등산로다웠다. 보기 드문 연분홍 철쭉과 할미꽃, 얼레지, 쇠물푸레 등의 식물들을 볼 수 있어서 좋았다. 한편, 비탈진 산기슭을 하산하려니 한 마디로 고생길이었다. 급기야 미정 님은 영중 님에게 업혀서 하산했다.

하산 후 시간을 확인하니, 예상 시간보다 두 배 이상 초과한 시각이었다. 인근에서 저녁을 해결했다. 아귀찜, 낙지볶음, 오리고기 등을 먹고 후식으로 정모 님이 사준 아이스크림을 기쁘게 먹었다. 해가 지자 기온이 서늘했다.

귀가 후, 얼음 팩으로 허벅지 찜질을 했다. 맨살에 올렸더니,물집이 잡히고 빨갛게 화상을 입었다. 끔찍하고 처절했다. 몸 위에 수건을 올리고, 그 위에 얼음 팩을 올려야 한다는 건 나중에서야 깨달았다.

40좌
친구가 되려면 산으로

속세를 벗어난 속리산에서

이천십구년 유월 일일 토요일, 충북 보은 속리산 천왕봉에서 'ㅅ' 산악회의 해맞이 님, 곤운 님, 호탕 님, 롱다리 님과 함께 했다.

'ㅅ' 산악회 신입 회원인 해맞이 님은 한 달간 열심히 등산 모임에 참석해 십 회 이상 참여한 회원이 되었고, 드디어 모임 주최자의 자격을 얻었다. 그는 바로 첫 산행을 열었다.

겨울에만 속리산 법주사에 관광하러 두 번 가봤는데, 등산을 해본 적은 없어서 때마침 좋은 기회였다.

회원 모집 기간 중, 좀 불안했다. 해맞이 님, 곤운 님, 호탕 님 모두 남자인데, 나만 여자라서 그게 신경 쓰였다.

'나 이외에 여자가 한 명이라도 있어야 마음이 놓이지.'

남자들만 잔뜩 있으면, 솔직히 좀 불편하다. 마감 시간 이후에 만일 여자 인원이 더 없으면, 그냥 안 가려고 마음먹은 상태였다.

나중에 해맞이 님으로부터 들은 이야기지만, 호탕 님도 남자들만 있으면 무서워서(?) 안 갈 참이었다고 한다. 무서움의 구체적인 이유는 내가 직접 본인에게 묻지 않았지만, 충분히 짐작할 수 있었다. 호탕 님도 산행 속도가 느리다.

다행히도 롱다리 님이 다섯 번째로 신청해 남자 셋, 여자 둘의 인원으로 일정은 무탈히 진행됐다.

해맞이 님, 롱다리 님과 일곱 시 삼십 분에 모였다. 둘이 먼저 도착하고, 내가 마지막으로 닿았다.

"지각했으니까 후기 쓰세요!"

"네? 저 안 늦었어요!"

정확히 시간에 맞춰 도착해서 전혀 지각하지 않았는데도 불구하고, 해맞이 님은 내게 늦었다며 후기를 떠넘기려고 했다.

그의 차는 남빛의 미니 쿠퍼인데, 삼 년이 넘었지만 여전히 새

차 같았다. 그는 선글라스를 쓰고 주행을 시작했다. 가수 빌리 아이리시의 노래가 흘러나왔다. 그는 평소에 주로 팝을 즐겨 듣는 듯했다.

"운전할 때 기분이 좋겠어요. 차가 귀엽고 좋은데요."

내가 칭찬했다.

"저 운전하는 거 좋아해요."

해맞이 님이 대답했다. 그는 새벽 한 시까지 회사 여자 동료들과 음주 가무를 즐기다 산행을 나왔는데도 전혀 피곤하지 않은지, 안색이 멀쩡했다.

시시때때로 그의 얼굴을 찬찬히 관찰했는데, 볼 때마다 항상 느끼는 거지만 탐나는 유전자다. 그는 십 년 전부터 시간이 멈춘 듯 보이는 동안 피부를 지녔다!

'누가 저 얼굴을 보고 삼십칠 세라고 믿겠어. 열 살은 더 어려 보이는데!'

내가 해맞이 님에게 동안의 비결을 묻자, 그는 이렇게 대답했다.

"부모님께서 동안이세요. 유전이요."

곤운 님과 호탕 님은 각자 출발해 속리산 주차장에 아홉 시경에 나타났다. 곤운 님은 청색 상의와 반바지 차림에 군화를 신고 나타났는데, 가수 이정과 비슷한 인상이었다. 호탕 님은 꼴찌로 등장했고, 옷차림이 마치 토마토를 연상케 했다. 그는 적색 상의에 녹색 하의를 걸쳤다.

우리는 간략히 자기소개했다.

"안녕하세요, 슈히라고 해요. 애인은 없습니다!"

초반의 어색한 분위기를 깨고 웃기려고 한 말이었지만, 아무도 안 웃었다. 멋쩍게도 해맞이 님이 옆에서 한마디 툭 던졌다.

"불필요한 정보잖아요……."

아까 차 안에서 해맞이 님은 호탕 님이 기혼이고, 자녀도 있는 것 같다고 말했다. 사실 호탕 님에 대해 아무런 추측도 하지 않았고,

원래부터 별로 안 궁금했다. 그런데 해맞이 님이 호탕 님에게 혹여나 실례가 될까 봐 질문하기를 주저하는 모습을 보고, 내가 대신 호탕 님에게 다가가 결례를 무릅쓰고 질문을 했다.

"기혼이세요?"

"네."

"그럼, 혹시 아이도 있으신가요?"

"네, 십팔 개월 된 아들이 하나 있어요."

호탕 님의 첫인상은 진중한 편이었는데, 이런 돌발행동에 꽤 당황했을 듯하다.

호탕 님이 잘 추진해 준 덕분에 별 차질 없이 속리산 탐방지원센터에서 점심 도시락을 받아 가방에 옮겨 담았다. 전원이 모여 멋있게 기념촬영을 한 후, 아홉 시 이십 분경부터 본격적으로 등산을 시작했다.

몇 년 전에 속리산에 방문했을 때는 없었는데, '세조 길'이라는 데크가 놓여 있었다. 인터넷 검색을 해보니 이천십육년 구월에 개통했단다.

잔잔한 호수를 바라보며 시 한 수 읊고, 여유롭게 경치 감상을 했다. 물 위에 나무 그림자가 비쳐 물 색깔도 녹색이었다. 머리 위로는 울창한 신록이 드리워져 있어 모자가 불필요했다.

세조 길은 목욕소 앞에서 끝난다.

조선의 칠 대 왕 세조는 조카 단종의 왕위를 찬탈했다. 꿈에서 마주친 단종의 어머니가 그에게 침을 뱉자 종기가 나서 고생을 했다고 한다. 세조가 법주사에서 복천암으로 가던 중 목욕을 했는데, 월광 태자라는 미소년이 나타나 "피부병이 곧 완쾌될 것이다."라고 말하고 사라졌다. 과연 왕의 병이 나아 지금까지 '목욕소(沐浴沼)'라고 불리고 있다. 목욕소 위쪽을 가로지르는 하얀 바위는 '마두암(馬頭巖)'이라고 불리는데, 전설에 의하면 세조가 목욕할 때 말 한 마리가 흙탕물을 일으키며 물을 마시다 가 호위 장군의 고함치는 소리에 놀라 돌이 되었다고 한다.[18]

안내판에 의하면, 속리산 세심정(俗離山 洗心亭)은 '세속을 떠난 산에서 마음을 씻는 정자(터)'라는 뜻이다. 세속을 떠나 마음을 씻는다는 의미는 현실의 문제들(사업, 직장, 학업, 가정 등)을 내려놓고, 지금 내 앞에 있는 사람들과 함께 보고 느껴지는 것들을 즐기라는 뜻이란다. 천년의 쉼터라는 문구도 마음에 와닿았다.

세심정을 지나 문장대까지 가는 길은 순조로웠다. 선발대는 곤운 님과 롱다리 님, 후발대는 호탕 님과 나였다. 해맞이 님은 일부러 후미에서 천천히 뒤따랐다. 인솔자로서의 그의 배려심이 느껴졌다.

"쉬고 싶으면 말해줘요. 오늘이 첫 진행이라서, 언제 쉬어야 적절한지 잘 모르겠네요."

천천히 쉬어가며 이동했다. 넓은 바위에 걸터앉아 쉬려는데, 뒤에서 오던 어느 어르신이 우리에게 조언했다.

"좀만 더 가면 물가가 있는데 왜 여기서 쉬어? 좀 더 가지."

물론 아름다운 경치를 보며 쉬면 금상첨화겠지만, 어서 간식을 먹고 가방의 무게를 줄이고 싶었다.

해맞이 님이 준비해온 청포도와 내가 가져온 방울토마토, 오이 등을 꺼내어 펼쳤다.

"과일을 왜 유리통에 싸 왔어요? 무겁잖아요. 플라스틱 용기에 담지 그랬어요?"

해맞이 님에게 질문했다.

"그래요? 유리가 무거운지 몰랐어요."

---

18) 속리산 안내판.

84

그가 대답했다. 그런데, 열심히 먹는 사람은 나뿐인 것 같았다.

"왜 안 드세요?"

곤운 님에게 물었다.

"아, 저는 등산할 때 음식 잘 안 먹어요."

게다가, 그는 말수도 별로 없었다.

"이정 노래 좀 불러봐요!"

계속 말을 걸었다.

"못 불러요."

"그럼 개인기라도."

"없어요."

아쉬웠다.

"혹시 연구원이나, 공무원이세요?"

호탕 님에게 물었다.

"네, 연구원이에요."

"지적이셔서, 그럴 것 같았어요."

이후로도 그에게 신상에 관해 이것저것 질문했고, 그는 성의껏 대답해 주었다. 부인과 첫 만남에서부터 연애, 결혼, 육아 등 흥미로운 화제들이 많았다.

더워서 앞섬을 풀어헤친 상태였고, 자리에 앉아서 간식을 먹는 동안 지퍼를 내린 것을 까맣게 잊고 있었다. 그래서 그냥 그 상태로 움직였는데, 롱다리 님이 고맙게도 내 지퍼를 다시 올려주었다. 작은 일이지만 그녀의 세심함이 느껴졌다. 또, 내가 용변을 볼 때도 롱다리 님이 계속 망을 봐주었다. 이래서 여자 참석자가 꼭 필요하다!

문장대에 다다르기 전에 발견한 나무 식탁에 모여 점심을 먹으며 도란도란 이야기를 나눴다. 호탕 님은 현재 육아휴직 상태이다. 평일엔 육아에 전념하고, 주말에 등산을 하며 재충전을 한다고 했다. 게다가 블랙야크 명산 100은 나보다 무려 삼 개월이나 늦게 시작했는데, 인증한 명산은 나보다 더 많았다. 또, 애주가인 듯 보였다.

"저는 술 안 마셔요. 술 안 마셔도 술 취한 것처럼 놀 수 있거든요!"

내가 이렇게 말하자, 그는 내게

"지금도 취한 것 같은데요?"

하고 말했다. 아마 그때부터였던 것 같다. 그가 빵빵 터지는 입담을 우리에게 선보인 시점은.

문장대에서 인증 사진을 찍은 후, 우측의 계단으로 정상까지 올라가 발아래 놓인 절경을 감상했다. 주변인들은 모두 사진을 찍느라 바빴는데, 그냥 멍하니 서 있었다.

해맞이 님은 울타리 밖에서 아슬아슬한 절벽 위에 올라 촬영을 하고 싶은 모양이었다. 롱다리 님에게 그의 뜻을 전하자, 그녀는

"위험해요!"

하고 주의를 줬다.

결국 해맞이 님은 가볍게 울타리를 넘어 사뿐히 절벽에 두 발을 내렸다. 그가 여유롭게 양팔을 뻗는 모습 뒤로 아찔한 산세가 병풍처럼 펼쳐져 있었다.

욕심이 생겨서 울타리를 넘어갔으나, 겁쟁이라서 곧 마음을 접었다. 위험한 일을 겁도 없이 쉽게 성공한 그가 부러우면서도, 얄미웠다.

"그랜드 캐니언(Grand Canyon)에서 어느 이십 대 남자가 사진 찍다가 굴러떨어져서, 크게 다쳤대요."

해맞이 님의 조언을 듣고, 아쉬운 마음을 뒤로한 채 그곳을 떠날 수밖에 없었다.

한낮의 최고기온은 이십삼 도에 머물렀고, 전반적으로 시원했다. 호탕 님은 얼음물을 준비했는데, 날씨가 덥지 않아서 얼음이 더디게 녹았다.

앞서가는 곤운 님과 롱다리 님이 서로의 모습을 촬영해 주는 모습이 보였다. 곤운 님이 힘껏 뛰어 점프 샷을 찍는 걸 보고 과연 이십 대의 싱그러움이 느껴졌다. 유쾌했다.

롱다리 님도 줄곧 생기발랄한 표정으로 산행에 임했는데, 얼굴을 볼 때마다 항상 웃고 있어서 힘든 기색을 찾아보기가 어려웠다.

천왕봉으로 이동하는데, 뒤에서 남녀 한 쌍이 따라왔다. 남자는 삼십 대, 여자는 이십 대로 보였고, 대화 내용을 들어보니 회사 선후배 사이인 것 같았다.

"내가 또 꼼꼼하지 않은 성격은 아니잖아. 그래서……."

여자는 말이 많고 활발한 성격인 것 같았다. 화장도 진하고, 옷차림도 고채도의 노란색이었다. 레깅스를 입은 미끈한 다리가 잠시 내 시선을 사로잡았다.

"네가 말해 놓고도, 스스로 무안하지?"

남자가 대꾸했다. 그들은 꽤 친한 사이 같아 보였고, 여자는 쉴 새 없이 떠들었다.

잠시 걸음을 멈췄다. 앞서가던 해맞이 님이 돌아봤다. 호탕 님이 물었다.

"왜요?"

"저 여자, 너무 시끄러워요."

이맛살을 찌푸리며 조용히 대답했다.

"그럼 저 여자 내가 밀어버릴까요?"

그의 엉뚱한 제안에 우리는 그만 크게 웃고 말았다.

"아뇨, 먼저 가게 내버려 두는 게 좋을 것 같아요!"

크게 외쳤다. 차분해 보였던 그의 첫인상과 너무 다른, 한 마디로 반전 매력이었다.

신선대, 입석대, 비로봉을 지나 드디어 목적지 천왕봉에 무사히 도착했다. 가는 길이 가도 가도 끝이 보이지 않았다. 세심정을 거쳐 속리산 주차장에 드디어 돌아왔다. 일정은 약 아홉 시간이나 걸렸다. 문장대 이후부터는 너무나 길고도 지루한 여정이었다.

하산 후 주차장으로 이동하는데, 화장실을 발견했다.

"화장실 갈 거예요?"

롱다리 님에게 물었다.

"네, 그래요."

남자들은 저만치 멀어져 갔다. 그녀와 단둘이 남게 되자, 그녀는 내게 사연을 털어놨다.

"아까 '심장마비 사망사고 지역' 이라는 안내판 봤을 때, 남자 친구가 떠올랐어요."

"왜요?"

"남자 친구가 회사에서 야근하다가 갑자기 심장마비로 죽었거든요."

"응? 그게 무슨 소리예요?"

화들짝 놀랐다. 그녀의 남자 친구는 평소 심장 질환이 있는 환자도 아니었고, 삼십 대인데도 불구하고 갑자기 사망했단다.

"아니, 어떻게 그럴 수가 있지? 롱다리 님도 충격이 컸겠어요!"

"네. 사실 한동안 외출도 안 하고, 집에서 울기만 했어요. 장례식은 지난 삼월에 치렀어요. 이제 조금씩 사람들도 만나볼까 해서 오늘 모임에 처음으로 참석한 거예요. 그런데, 산에서 남자 친구가 떠오를 줄은 몰랐네요."

구김살 없이 환하게 웃는 그녀에게 그런 슬픔이 있을 줄은 꿈에도 몰랐다.

속리산을 벗어나 차를 타고 이동했다. 해맞이 님이 찍어둔 맛집 용궁 식당에 가서 석식으로 순대 국밥과 불고기를 먹었다. 우리는 굶주린 상태였기에 음식을 말끔히 비워냈다. 안동 출신의 롱다리 님이 다른 지역에도 용궁 식당이 있다며 이야기하자, 곁에 있던 이모님이 이렇게 말씀하셨다.

"거기도 우리 가족이 운영하는 곳이에요."

속리산 갈 때는 내가 조수석에 타고, 롱다리 님이 뒷좌석에 앉았는데 귀가할 땐 서로 자리를 바꿔 앉았다. 뒷좌석에 혼자 앉으면 다리를 모로 쭉 펼 수 있어서 좋다.

이날이 해맞이 님을 두 번째 보는 자리였는데, 의외의 모습을 발견했다. 그는 부드러운 얼굴 뒤편에 거친 모습을 숨기고 있다. 귀갓길에 속리산의 구불구불한 좁은 도로를 지났는데, 그가 어느 순간 갑자기 질주했다. 그 순간 뱃속에서 나비가 팔랑거리는 기분이 들었다. 마치 놀이 기구를 타는 것만 같았다.

속리산 국립공원은 최고봉인 천왕봉을 중심으로 비로봉, 길상봉, 관음봉, 수정봉, 보현봉, 문수봉, 두루봉, 묘봉 등 아홉 개의 봉우리가 연이어져 있고, 그 사이로 문장대, 입석대, 경업대, 배석대, 학소대, 신선대, 봉황대, 산호대 등의 기암괴석과 암릉이 울창한 삼림과 어우러져 빼어난 풍취를 자아낸다. 그래서 속리산은 설악산, 월출산, 계룡산 등과 함께 남한을 대표하는 암산 중 하나로 손꼽는다.

속리를 단순히 속세를 떠난다는 뜻으로 풀이하기에는 무리가 있다. 다시 말해 속세를 떠난다는 표현은 '이속(離俗)'이 더 옳은 표현이다. 속리를 우리 음으로 유추하면 '수리(首)'가 되는데, 여기서 수리는 꼭대기를 의미하는 옛말이다. 아마도 속리라는 지명은 우리 음을 한자식으로 음역하다 보니 생겨난 이름인 것 같다.

문장대는 해발고도 천오십사 미터에 위치한 속리산의 석대이며, 문장대 자체의 경관도 좋을 뿐 아니라 그 전망 또한 장관이다. '문장대'는 세조대왕과 문무 시종이 이곳에서 시를 읊었다는 데서 연유된 이름으로 이 거대한 암봉이 구름 속에 묻혀있다 하여 '운장대'라 부르기도 한다. 일반인에게 속리산의 정상으로 잘못 알려질 정도로 속리산의 주요 상징물로써 인지도가 매우 높다.19)

---

19) 〈위성에서 본 한국의 산지 지형 - 속리산, 삼파수(三派水), 한강, 낙동강, 금강의 갈림길〉 지광훈·장동호·박지훈·이성순, 2009. 12., 네이버 지식백과.

옥신각신 내변산 국립공원

이천십구년 유월 육일 목요일, 'ㅊ' 산악회에서 총 아홉 명이 부안 내변산 관음봉을 찾았다. 일곱 시 삼십 분에 집합했다. 날씨가 선선해서, 에어컨 바람이 서늘했다.

내 옆 좌석에는 'Z' 님이 앉았다. 처음엔 그가 나보다 오빠일 거라고 생각했다. 나중에 알고 보니, 동갑이었다. 그에게 이런저런 질문을 던졌으나, 그에게서 돌아오는 질문은 전혀 없다 보니, 대화가 뚝 끊겼다. 그래서, 차 안에서 겉옷을 얼굴에 뒤집어쓰고 계속 잤다. 자다, 깨기를 반복했다. 지루하고, 심심했다. 결국, Z 님에게 볼멘소리를 질렀다.

"말 좀 해요! 재미가 없어요!!"

그는 낯가림이 많은 모양이다. 말을 걸면 대답을 하긴 하는데, 본인 이야기를 주도적으로 하지는 않으니 무척 답답했다. 고채도의 주황색 상의를 입은 걸로 보면 밝은 성격일 것 같은데, 도무지 말을 않고 애매한 미소만 지으니 속수무책이었다.

그가 쓴 챙이 넓은 녹색 모자는 내가 최근에 산 것과 동일했다. 그와 똑같은 모자를 쓰지 않아서 천만다행이라고 생각하고 안도의 한숨을 쉬었다.

"Z 님은 아무한테나 허락하는 쉬운 남자 아니에요. 그런데, 술 마시면 말 잘해요."

치영 님이 옆에서 거들었다.

"개그맨 박수홍 닮았어요!"

그의 얼굴을 보고, 배꼽을 쥐었다. 치영 님은 마른 체격인데, 볼살은 통통하다. 오는 십이월에 결혼을 앞둔 새신랑이기도 하다. 그는 대화할 때 종종 철벽을 쳤는데, 사진 찍을 때만 유독 해맑게 활짝 웃었다.

사진 찍어달라고 부탁하지도 않았는데, 그는 내게 사진을 찍어준다고 했다. 그리고, 촬영이 끝나자 내게 이번 모임 후기를 쓰라고 강요했다.

"제가 왜요? 지난 오월에 후기 썼는데요! 누가 시킨 것도 아니고, 제가 스스로 썼어요."

"내가 사진 찍어줬잖아요. 그러니까 후기 쓰세요."

억지에 가까운 그의 논리에 기가 막혔다.

이곳이 국립공원인 줄은 몰랐는데, 도착하고서야 그걸 깨달았다. 방문자들이 별로 없고 한산했다. 날씨가 흐려서 조망이 좋지 않았다. 아쉬웠다. 멀리 바다가 있다는 것만 어렴풋이 느낄 수 있을 뿐이었다. 직소폭포, 재백이 고개, 관음봉 삼거리를 거쳐 관음봉으로 갔다.

직소폭포는 채석강과 함께 변산반도 국립공원을 대표하는 절경으로 폭포의 높이는 약 삼십 미터에 이른다. 이 물은 분옥담, 선녀탕 등의 경관을 이루는데, 이를 봉래구곡(蓬萊九曲)이라 한다. 이곳에서 흐르는 물은 다시 백천 계류로 이어져 뛰어난 산수미를 만든다.[20]

초반에는 평지가 대부분이어서 이동이 수월했으나, 가면 갈수록 경사가 가파르고 암벽이 많았다.

"삼 주간 등산을 쉬었더니, 힘드네요."

세창 님이 말했다.

"저는 한 주도 안 쉬고, 계속 등산하는데, 왜 이렇게, 힘이 들까……."

헉헉거리며 대꾸했다.

---

[20] 내변산 안내판.

정상에 도착해 점심을 먹었다. 사실, 산을 오르며 간간이 쉴 때 김밥, 산딸기, 방울토마토, 파인애플, 델라웨어, 오이, 롤케이크, 초콜릿 등 군것질을 해서 이미 배부른 상태였다. 하지만, 짐을 줄여야 하기에 무리해서 음식을 섭취했다. 일행과 사각 탁자에 둘러앉아 남은 음식들과 양갱, 소시지 등을 먹었다.

"손 씻을래요?"

세창 님이 내 손에 생수를 부어주었다. 그 모습을 본 맞은편에 앉은 치영 님이 한마디 거들었다.

"둘이 참 잘 어울리네요."

"네, 저는 모두와 잘 어울린답니다!"

고개를 들어 방긋 웃으며 대답했고, 그에게 손가락으로 하트 모양을 만들어 보였다. 치영 님의 표정은 좀 황당한 듯 보였다.

본래 원점 회귀를 할 계획이었으나, 환대 님이 관음봉 정상석 뒤에 지도 안내판을 보더니, 계획이 갑자기 변경됐다. 된비알이 많아서 하산이 무척 고되고 힘들었다.

가져간 등산 양말 한 겹을 덧신고, 무릎 보호대와 발목 보호대를 착용했다. 여름에 보호대를 하면 통풍이 안 돼서, 피부에 자꾸 땀띠가 난다.

Z 님과 치영 님은 둘 다 마른 몸매의 소유자라서 그런지 등산할 때는 민첩한데, 하산할 때는 조심스러웠다. Z 님은 등산화가 아니라 일반적인 운동화를 신고 있어서 그런가, 자주 휘청거렸다. 물론, 등산화를 신은 나 역시 하산할 때 주르륵 미끄러질 뻔해서 위험하기는 마찬가지였다.

잔뜩 찌푸린 하늘을 보며, 비가 언제 올까 조마조마했다. 흐린 하늘이 태양을 가려서 기온은 선선했으나, 비가 오기 전의 습한 공기가 땀 흘린 몸의 체취를 더 강하게 만들었다. 무사히 하산했고, 주차장에 다다랐을 무렵 비가 쏟아졌다. 다행이었다. 우리는 서둘러 자리를 떠났다.

등산화를 벗고 앞 좌석에 다리를 쭉 뻗었다. 치영 님이 내게 핀잔을 주었다.

"어디서 냄새가 난다 싶더니……."

"죄송합니다!"

나는 말만 그렇게 해놓고 다리를 오므리진 않았다. 고생한 육신에 휴식을 주기 위함이었다.

치영 님이 가까운 곳으로 식사하러 가자고 해서, 인근의 중식점에 가서 석식을 해결했다. 아홉 명이 모두 앉을 수 있는 자리는 없었기에 네 명, 다섯 명으로 나누어 앉았다. 나를 포함한 오인(五人)은 볶음밥, 해물 짬뽕, 해물 짜장, 탕수육을 주문했다.

탕수육은 돼지고기가 아니라 순살 닭고기인데, 소스를 두 가지 선택할 수 있었다. 우리는 가위바위보를 해서 이긴 사람 두 명이 양념의 맛을 정하기로 했다.

다섯이 가위바위보를 여러 번 해서 승자가 정해졌는데, 결국 나와 세창 님이 이겨서 허니 소스와 고추냉이 소스를 선택했다. 고추냉이 소스는 인기가 별로 없어서, 탕수육이 많이 남았다. 잔반은 내가 포장해 갔다. 최후의 수혜자였다.

한편, Z 님은 소화가 잘 안되는지 밥을 한 술도 뜨지 않고, 멀뚱멀뚱 눈만 깜빡였다. 게다가 그는 야간 근무자인데도 불구하고, 퇴근 후 곧장 등산을 마친 후였다. 잠을 못 잔 채 이십삼 시에 다시 출근한다고 했다. 정말 무모하고, 끔찍한 일정이다.

비는 점점 더 거세게 내렸다. 때 이른 장마 같았다. 환대 님이 운전하고, 치영 님은 곁에서 조수의 역할을 수행했다.

"후기는 누가 써요?"

명호 님이 치영 님에게 질문했다.

"엘베 님이요!"

미래에 히말라야 가는 게 꿈이라고 했더니, 치영 님은 에베레스트를 제멋대로 줄여서 '엘베'라고 불렀다. 마치 엘리베이터를 줄여서 부르는 것 같다.

　"치영 님이 저한테 아이스크림 사주면, 제가 후기 쓸게요."

　"그래요, 사줄게요."

　"배스킨라빈스 아이스크림 케이크 사주세요. 저 유월에 생일이
거든요!"

　"아니, 그럼 집에 초대해야죠!"

환대 님이 옆에서 끼어들었다.

　"집도 좁은데 초대를 왜 해요? 사람 한 명만 들어서면 발 디딜
틈 없어요. 거절합니다."

이렇게 옥신각신하다가 결국 치영 님이 자발적으로 후기를 쓰겠다
고 했다. 누군가의 강요나 지시에 따르는 것보다는 자발적으로 후
기를 쓰는 편이 훨씬 더 좋다고 생각한다.

남근 바위와 영암 월출산

이천십구년 유월 십육일 일요일, 영암 월출산 천황봉에 다녀왔다. 'ㅊ'산악회에서 환대 님, 주언 님, 그노 님, 세창 님, Z 님과 함께했다. 여섯 명 인원 중 남자가 다섯 명, 여자는 한 명이었고, 내가 홍일점이었다.

월출산 들머리는 동백나무숲이 주를 이뤘고, 길은 평탄했다.

'겨울에 오면 동백이 아름다울 것 같군!'

계곡이 흐르는 것을 보며, 지나쳤다. 하산할 때 꼭 찬물에 발을 담그리라 생각했으나, 시간에 쫓겨서 미처 실행에 옮기지 못했다.

등산할 때와 하산할 때의 길이 달랐다. 원점 회귀였으면 비교적 쉬웠을 텐데, 영암의 명물인 월출산의 구름다리를 보기 위해 우리는 모험을 했다.

구름다리에 도착하기 전, 깎아지른 듯 아찔한 경사를 넘어 높은 지점에서 자리를 잡고 점심을 먹었다. 시야가 탁 트인 곳에서 아래를 내려다보니 평화로운 시골 마을이 보였다.

환대 님은 마치 풍경이 설악산 같다며 감탄했다. 과연 절벽과 녹음이 수려한 장관을 이뤘다. 그걸 보고 있자니 가슴이 후련해지는 느낌이 들었다. 우리가 머물렀던 곳은 출입 금지 표지판과 밧줄이 있었으나, 경치 감상하기에는 안성맞춤이었다. 지나는 등산객들은 많지 않았다.

내리쬐는 강렬한 햇살에 눈이 부셨고, 땀이 비 오듯이 흘렀다. 그래서 선글라스와 모자 벗고 쓰고를 반복했는데, 여간 귀찮은 일이 아니었다.

강한 바람에 밀짚모자가 나부끼는데, 세창 님이 그 순간을 포착해서 재밌는 사진이 나왔다. 목에 대롱대롱 매달린 모자가 마치 우주비행선 같았다.

식사를 마치고 구름다리에 닿았다. 바로 옆에는 탁자와 의자가 있었는데, 누군가 불평을 했다.

"좋은 자리가 있는데 이런 곳을 놔두고, 불편한 곳에서 식사했네!"

편안한 곳에서 식사하는 것보다 아름다운 경치를 감상하며 음미하는 것이 더 좋다. 어차피 집 나오면 뭐든지 고생이니, 몸이 좀 불편해도 얼마든지 감수할 수 있다.

부지런히 길을 갔다. 오르막길과 내리막길이 계속 이어졌다. 앞서던 환대 님이 나와 세창 님을 돌아보며, 한숨을 내쉬었다.

"아, 내가 왜 여길 선택했을까……."

그가 그렇게 말하는 게 좀 의아했다. 월출산이 굉장히 험하다고 익히 들었으나, 쉬면서 천천히 간 덕분에 예상보다는 견딜만했다.

"슈히 씨는 체력이 참 좋은 것 같아요! 쉬지 않고 말을 하면서 등산하는 걸 보면."

환대 님이 내게 말했다. 누군가 내게 라디오라는 별명을 지어준 적이 있다. 말없이 가는 것보다, 좀 떠들면서 가면 오히려 명랑한 기운이 나는 편이다.

정상에 도착했다. 우리 뒤에서 따라오던 남자 고등학생들 중 한 명에게 사진 촬영을 부탁했다.

"저, 선생님! 촬영 좀 부탁합니다."

세창 님이 학생들을 향해 말했다.

"어딜 봐서 선생님이에요? 딱 봐도 십 대 청소년들이고만! 그냥 '학생'이라고 부르면 되잖아요."

내가 그에게 핀잔을 주었다.

정상석 앞에서 단체 사진을 찍었다. 그리고, 그들의 모습도 우리들 중 한 명이 촬영해 주었다. 세 명 중 가장 귀엽고 어려 보이는 학생의 자세가 독창적이었다. 그는 돌바닥에 비스듬히 누워 오른손으로 머리를 괴었는데, 마치 집에서 텔레비전을 보는듯한 여유로운 느낌을 자아냈다. 그 순간, 속으로 다짐했다.

'다음에 저렇게 과감한 모습으로 찍어봐야지!'

인상적이었던 볼거리는 돼지 바위와 남근 바위였다. 돼지 바위는 과연 서유기에 등장하는 저팔계를 떠올리게 했다. 남근 바위는 주변에 암석이 많아서 어느 것이 그것인지 확연히 알 수 없었으나, 안내판에서 본 사진과 주변을 여러 번 비교한 결과 발견할 수 있었다.

"남근 바위 봤어요? 한참 찾았네요."

"어디에 있어요? 못 봤는데!"

하산이 느린 나와 Z 님이 올 때까지 다른 일행들은 벤치에 앉아 쉬고 있었는데, 내가 문자 세창 님은 그제야 남근 바위를 찾으려 했다. 그러나, 이미 멀리 떨어진 후였다.

하산 후, 입구 어귀의 족욕 쉼터에 앉아 물에 발을 담그고 하체의 열을 식혔다. 물이 얼음장처럼 차가워서 오래 견디지도 못했다. 고통스러워서 소리를 질렀으나, 다른 이들은 아무 말이 없었다. 얼마 안 가 다들 자리를 뜨길래, 나도 서둘러 일어났다.

영암까지 왕복 사백 킬로미터가 넘는 거리라서 사실 갈 엄두가 안 났는데, 환대 님이 운전을 해주셔서 편안히 다녀왔다. 월출산 가는 차 안에서도 정신없이 잠에 취했고, 돌아오는 길에도 쿨쿨 잘 잤다. 집에 오니 자정이었다. 다음 날 여독에 시달렸지만, 보람과 성취감을 느꼈다.

영암군과 강진군의 경계에 있는 월출산은 무등산 줄기에 속하는 산이다. 해발 팔백구 미터로 높지 않지만, 산세가 매우 크고 수려하다. 깎아지른 듯한 기암절벽이 많아 예로부터 영산이라 불렸다.

국립공원으로 지정된 다른 산에 비해 그리 높지도 넓지도 않은 편이다. 그럼에도 금강산과 설악산에 견줄 만한 경치를 자랑하여

'남도의 작은 금강산', '남도의 설악산'으로도 불린다.

신라 시대에는 월나산(月奈山), 고려 시대에는 월생산(月生山)이라 불렸다고 하며, 그 후 조선 시대를 거쳐 월출산(月出山)이라 명명되었다. 천구백팔십팔년 유월에 스무 번째 국립공원으로 지정되었다.

많은 이들이 찾는 길은 구름다리 코스다. 월출산 구름다리는 해발고도 육백오 미터에 자리하고 있는데, 우리나라 산악 지역에 놓인 구름다리 중 가장 높은 곳에 있다.

초기의 구름다리는 도비와 군비, 산악회의 성금으로 천구백칠십팔년 십이월에 조성되었다. 다리가 없던 당시 매봉에서 사자봉까지 가려면 서른네 시간이 필요했지만, 다리 조성 후 오 분으로 단축되었다.

초기의 구름다리는 노후가 진행되어 이천오년에 철거되었고, 다음 해에 보다 안전한 지금의 다리로 재개통되었다. 현재 구름다리의 길이는 오십일 미터, 너비는 일 미터이다. 구름다리에서부터 천황봉 직전에 있는 통천문까지를 신선의 세계로 향하는 길이라 한다.

시야가 좋은 날에는 멀리 제주도 한라산 봉우리가 보인다고 한다.[21]

---

21) 〈대한민국 구석구석 여행 이야기 – 달이 뜨는 순간, 월출산〉 한국관광공사, 2014. 11., 네이버 지식백과.

케이블카 타고 슝~ 완주 대둔산

이천십구년 유월 십구일 수요일, 아침에 눈을 뜨니 날씨가 흐렸다. 지난주 수요일에 대학원 수업 종강을 한 덕분에, 이제 수요일 오전이 한가해졌다.

오늘 하루는 뭘 하며 어떻게 보낼까, 하고 생각하던 차에 완주의 일기 예보를 확인하니, 흐림이었다. 다행히 비 소식은 없었다. 즉흥적으로 대둔산 마천대를 완주하기로 마음먹고, 급히 짐을 꾸렸다.

대둔산은 사 년 전에 처음 방문했고, 이번이 두 번째 산행이었다. 그때 본 대둔산은 펑펑 눈이 내린 후였는데, 지금은 잔뜩 흐린 하늘 아래 덥고 습한 여름이다. 다만 과거와 오늘의 공통점은 동행자 없이 혈혈단신이라는 것이다.

사실, 그간 산악회에서 대둔산 갈 기회가 두어 번 있었으나, 케이블카를 아예 이용하지 않거나 하산할 때만 타는 일정이었기에 불참했다. 앞으로도 약 칠십 개 이상의 산을 타야 하는 나로서는 되도록 무릎을 아껴야만 한다.

이미 가본 산을 또 가려니, 설렘은 없었다. 하지만, 블랙야크 명산 100 인증을 하기 위함이라 과감히 추진했고, 오랜만에 재방문하니 감회가 새로웠다.

대둔산 주차장은 한산했다. 케이블카를 타러 가는 도중 발견한 작고 노란 낮 달맞이꽃이 반겼다. 케이블카를 타러 온 손님 중에는 외국인들도 소수 있었다.

케이블카에서 내려 막 등산을 시작하려고 하자, 부슬비가 내렸다. 등산배낭이 젖을까 봐 방수 덮개를 씌웠으나, 다행히 얼마 지나지 않아 빗줄기는 사라졌다.

케이블카를 이용한 덕분에 등산 시작 후 마천대까지 한 시간 만에 닿을 수 있었다. 정상에서 만난 이들과 대화도 나누고, 서로 사진도 찍어주며 단란한 시간을 보냈다. 울산에서 온 어느 노부부도 블랙야크 명산 100을 인증하는 중이었다.

먹구름 뒤로 해가 가려져서, 사진이 어둡게만 나왔다. 아쉽지만 별수 없었다. 예전에 왔을 땐 아슬아슬한 지점의 바위에 올라서서 참 즐겁게 촬영했는데, 이번엔 그냥 인증 사진만 서둘러 찍고 하산했다.

정상이 아닌 계단에서 개척 탑의 일부가 보이도록 찍은 사진이 그나마 가장 마음에 들었다. 환하게 웃고 있는 내 표정과 주변의 녹음이 조화로워 보여서 만족스러웠다.

하산 도중 만난 이들은 의정부에서 온 산악회원들이었는데, 연령대가 높아 보였다. 바위 계단을 힘겹게 오르는 모습을 보니 안쓰러웠다.

"저는 케이블카 타고 올라왔어요. 산악회에선 케이블카 안 타시죠?"

오십 대 이상 되어 보이는 어느 여자분에게 내가 질문했다.

"아니, 우리도 케이블카 타고 왔어요! 산악회 막내가 마흔일곱 살이에요. 저 집안은 이대째 등산 중인데, 아버지는 칠십 대라서 이제 등산은 힘드시고, 아들이 대신 다니고 있어요."

"그렇군요. 멋지시네요!"

"아가씨는 날씬하네!"

"어머, 제가요? 저 안 날씬해요."

"아냐, 날씬해. 등산 열심히 해서 날씬한가 봐!"

기대하지 않았던 칭찬을 들으니, 기분이 참 좋았다.

케이블카를 타고, 주차장으로 돌아와 자가용을 운전해 이동했다. 인근의 식당에 들어가 순대국밥을 주문했다.

"순대국밥 하나, 먹고 갈게요!"

분명 내가 먼저 주문했는데, 잠깐 화장실에 다녀온 사이에 나보다 늦게 온 손님의 식사가 먼저 준비된 것이 아닌가? 잠자코 있을 수 없었다.

"제가 먼저 주문하지 않았나요?"

식당 직원들은 웃으며, 미안하다고 바로 내게 사과했다. 그런데, 날씨가 더워서 그런지 순대 맛이 좀 상한 것 같았다. 꿋꿋이 식사를 마친 후, 계산할 때 또 한마디 했다. 가뜩이나 하산 후라서 기운도 없는 와중에 화를 두 번이나 내려니 속이 상했다.

귀가 도중 'ㅅ' 산악회의 단체 대화방을 확인했는데, 적대관계인 'ㅊ' 산악회에서 중복 활동 중인 회원은 강제 퇴장하겠다는 공지가 있었다.

이건 분명, 나에게 간접적으로 경고하는 말인 듯 보였다. 불길한 기분이 들어 호탕 님에게 전화해서 조언을 구했다. 그는 내게 그냥 가만히 있으라고 말했다. 굳이 두 산악회 중 하나를 선택할 필요는 없을 것 같아, 아무런 행동도 하지 않았다. 어느 모임이든, 장단점이 모두 있다.

신라의 땅, 경주 남산

이천십구년 유월 이십이일 토요일, 'ㅊ' 산악회의 Z 님과 함께 경주 남산 금오봉을 다녀왔다. 이곳도 역시 사 년 전에 왔던 곳이다.

내가 어느 학원에서 강사로 근무하던 시절, 그때까지 경주를 단 한 번도 가 본 적이 없었던 터였다. 초등학생 제자들이 십일월에 경주로 수학여행을 다녀왔다길래, 갑자기 호기심이 생겨 계획에 없던 경주행을 감행했다.

남산의 금오봉까지 등산을 마친 후, 경주 국립박물관과 첨성대와 동궁과 월지(구 안압지) 등을 관광했다. 늦가을이라서 단풍은 이미 다 져버렸지만, 아름다운 야경을 보고 황홀해했던 지난날의 추억이 아른아른 떠오른다.

일곱 시 삼십 분, Z 님과 합류해 케이티엑스를 타고 신경주역으로 향했다. Z 님은 근무를 마친 후, 바로 등산을 가는 강한(이해 불가의) 정신력을 지녔다.

그는 원래부터 조식을 먹지 않는다고 했고, 얼굴엔 피곤한 빛이 역력했다. Z 님은 처음엔 블랙야크 명산 100 인증을 하지 않았는데, 갑자기 무슨 바람이 불었는지 최근에 인증을 시작했다. 덕분에 혼자 외롭게 등산하지 않아도 돼서, 안심했다.

신경주역에서 택시를 타고 삼릉에 도착했다. 내가 예전에 갔던 같은 길을 우리는 그대로 따라 올랐다. 우거진 소나무 숲 사이로 커다란 무덤 세 개가 보였다. 등산객은 거의 없었다.

상선암을 지나는데, 어느 여인이 숨을 헐떡이며 혼자 힘겹게 올라왔다. 그녀는 등산 스틱을 하나만 들고 있었다. 가까이서 보니 긴 속눈썹에 동그란 눈매를 지닌 아리따운 사십 대 여성이었는데, 날씬한 몸매에 도드라진 가슴이 내 눈길을 끌었다. 그녀는 우리에게 지름길을 알려주고 홀연히 사라졌다.

반신반의하며 올랐는데, 경사가 가파른 암벽이었고, 낙석 위험이 있어 이천십구년 한 해만 출입이 금지된 곳이었다. 등산객들이 오지 못하게 표지판과 밧줄이 있었다.

우리는 그곳에서 불상을 하나 발견했는데, 얼굴이 너무 매끈해서 복원한 티가 많이 났다. 본래의 등산로로 갔으면 가까이서 보지 못했을 작품이었다. 귀인을 만나, 도움을 받은 덕에 운이 좋았다.

다 올라와 보니, 그곳이 과연 지름길이었다. 우리보다 앞서가던 이십 대 남자 세 명보다 우리 둘이 간발의 차이로 더 먼저 도착했기 때문이다. 기대하지 않았는데 시간과 체력을 단축할 수 있어서 참 신기했고, 기뻤다.

목적지 금오봉에 도착해 간식을 먹었다. 소량의 방울토마토와 오이만 준비했는데, Z 님은 바나나 네 개와 맥반석 달걀 여섯 개, 홈런볼 등 꽤 많이 가져왔다. 배불러서, 애석하게도 그것들을 다 먹지는 못했다. 정상석에서 인증 사진을 찍고, 원점 회귀했다.

하산하는 길에 만난 사람들은 부산에서 온 사십 대 남성들이었는데, 그중 한 분이 내게 이렇게 물었다.

"혹시 입에 사탕 물었어요?"

때마침 과자를 먹은 직후라서, 혹시 내 입에 부스러기가 묻었나 싶어 당황했다. 손으로 입언저리를 쓱쓱 문지르고 대답했다.

"네? 아뇨! 왜요?"

그러자, 그분은 씩 웃으며 말씀하셨다.

"입안에 사탕이 있는 줄 알았어요. 목소리가 귀여워서요!"

기대하지 않던 칭찬을 들어서 기분이 참 유쾌했다.

하산 후, 인근 우렁이 쌈밥 식당에 가서 중식을 해결했다. 그리고, 택시를 이용해 신경주역으로 되돌아갔다. 기차를 타고 가는 동안 Z 님과 대화를 나눴다.

그의 아버지는 삼십구 세의 젊은 나이에 돌아가셨는데, 사망 원인은 간경화였다.

"아버지처럼 일찍 죽고 싶지 않으면, 당장 술을 끊어요!"

놀라서, 그에게 조언했다.

또, 그는 한 살 터울의 여동생이 있는데, 그녀는 결혼을 일찍 해서 자녀가 두 명 있다고 했다.

"조카들은 몇 살이에요?"

"열여섯 살과 두 살이요."

"네?! 열여섯 살이요? 아니, 그럼 대체 몇 살 때 낳은 거죠?"

"여동생이 열여섯 살 때 출산했어요."

경악을 금치 못했다. 알고 보니, 기구한 사연이 있었다. 아버지를 그렇게 일찍 여의고 난 후, 어머니가 힘들게 남매를 키운 모양이었다. 어머니는 식당 일을 하셨는데, 그 식당의 남자 사장이 여동생을 범한 듯했다. 그 당시 그는 오십구 세였다고 한다.

최종학력이 초등학교 졸업인 오빠와는 달리, 여동생은 대학까지 졸업해 현재 연구소에서 근무한다고 했다. 일곱 살 연상의 남자와 결혼해 둘째 자녀를 낳았다고 한다.

그에게 질문했다.

"검정고시 보는 건 어때요?"

"공부는 적성에 안 맞아요……."

그는 최종학력 덕분에 군대도 면제받았다고 했다. 최근 들은 사연 중 가장 놀랍고도 안타까웠다.

다음 날, Z 님은 홀로 대둔산 마천대를 갔다고 내게 소식을 전해왔다. 여기 인증 중독자 한 명 추가요!

50좌
더위 탈출! 산으로

강감찬 장군과 서울 관악산

이천십구년 유월 삼십일 일요일, 'ㅊ' 산악회에서 Z 님과 함께 서울 관악산을 인증했다.

이천십오년 십일월, 관악산 연주대에 간 적이 있다. 여행 동호회에서 알게 된 사십 대 남자, 삼십 대 여자 그리고 이십 대 여자인 나 이렇게 셋이 모였다.

과천향교에서 시작해 연주대를 찍은 후 원점 회귀했는데, 그 당시 정상에는 산 고양이들이 많았다. 이미 단풍이 모두 지고 난 후라서 굉장히 아쉬웠으나, 하산 후 부침개와 막걸리를 마시며 나름 즐겁게 마무리했다.

Z 님 퇴근 시간에 맞춰 터미널에서 만나 일곱 시 오십 분 고속버스에 탑승했다. 일요일이라 그런지 서울 시내 도로가 한산했다. 이런 서울의 한가로운 모습은 처음이었다. 고속버스터미널에 아홉 시 사십 분쯤 도착했는데, 내 뒷좌석에 앉은 승객은 세상모르게 쿨쿨 자고 있었다.

"깨울까요?"

내가 Z 님에게 묻자, 그는 자는 남자를 흔들었다. 깨우려 노력했으나, 승객은 미동도 없었다.

택시를 타고 이동해 서울대학교 입구에서 하차했다. 오전 열 시경, 관악산 공원은 등산객들과 나들이 온 친구, 가족, 연인들로 붐볐다. 정다운 모습들이었다. 하늘이 약간 흐려서 등산하기엔 괜찮은 선선한 날씨였다.

관악산은 관악구, 금천구와 경기도 안양시, 과천시의 경계에 있는 산으로 최고봉은 연주대이며, 도시자연공원이다. 관악산은 예로부터 경기 금강 또는 소금강이라고 불리기도 하였으며, 근기오

악(송도의 송악, 가평의 화악, 적성의 감악, 포천의 운악, 서울의 관악) 중의 하나이기도 하다.

풍수지리설에 따르면 한양을 에워싼 산중에서 남쪽의 뾰족한 관악산은 화덕을 가진 산으로 조선 태조가 한양에 도읍을 정할 때 화기를 끄기 위해 경복궁 앞에 해태를 만들어 세우게 한 「불기운의 산」이라고 하는 유래도 있다.

산의 형세는 비록 태산은 아니나, 준령과 괴암이 중첩하여 장엄함을 갖추었고, 봄철에 무리 지어 피는 철쭉꽃과 늦가을의 단풍이 장관을 이루고 있으며, 그 정기가 뛰어나 많은 효자, 효부와 충신열사를 배출한 명산으로 고려 시대의 강감찬 장군과 조선 시대의 신자하 선생이 그 대표적인 인물이라 하겠다.22)

사전에 인터넷에서 관악산 등산로를 검색한 결과, 서울대 입구에서 시작하는 게 일반적인 등산로라고 했다. 그래서 이곳을 등산로로 선택했으나, 시간이 한참 지난 후에야 그것은 잘못된 정보라는 걸 깨달았다.

초반에는 가벼운 산책로가 쭉 이어져 상당히 수월했으나, 시간에 지남에 따라 등산객들이 현저히 줄어들었다. 반소매에 반바지 차림의 사람들은 중간에 하산하는 모양이었다.

내가 이제껏 등산했던 산 중, 등산이 아니라 소풍 나온 사람들이 가장 많았던 산이 바로 이곳이다. 돗자리를 펴 놓고 산림욕을 하러 온 피서객들이 천지였다.

관악산은 그 북쪽 기슭 낙성대에서 출생한 고려의 강감찬 장군과 관련한 전설이 있다. 그가 하늘의 벼락방망이를 없애려 산을

---

22) 관악산 공원 들머리 표지판.

오르다 칡덩굴에 걸려 넘어져 벼락방망이 대신 이 산의 칡을 모두 뿌리째 뽑아 없앴다는 전설도 있고, 작은 체구인 그이지만 몸무게가 몹시 무거워 바위를 오른 곳마다 발자국이 깊게 패었다는 전설도 있다.

이것들을 뒷받침해주듯 관악산에는 칡덩굴은 보기 드물고, 곳곳의 바위에 아기 발자국 같은 타원형 발자국들이 보인다.

고려의 명장 인헌공 강감찬 장군의 탄생지를 기념하기 위해 서울시에서는 관악구 봉천동에 사당 안국사를 지어 장군의 영정을 모시고 낙성대 공원을 조성하였다.[23]

"이거 무슨 꽃인지, 혹시 알아요?"
Z 님에게 묻자,
"네, 알아요. 달걀 꽃."
하고 그가 대답했다.
"어떻게 알아요, 확실해요?"
"할머니가 말씀해 주셨어요."
과연 그 꽃은 중앙이 노란색이고 꽃잎은 흰색이라서, 마치 달걀을 깨뜨린 모습 같기도 했다. 그동안 흔히 봤던 꽃인데, 이름을 몰라서 인터넷에 질문하니, 달걀 꽃이 아니라 개망초라고 했다. 그 밖에 큰까치수염이라는 난생처음 보는 꽃도 발견했다.

등산 도중, 이정표 정비가 잘 되어 있지 않아서 우리는 길을 헤맸다. 일 년 전에 이곳을 온 적이 있다는 어느 부부도 기억이 잘 안 난다며, 잠시 엉뚱한 길로 갔다가 되돌아왔다.
"어디서 오셨어요?"
내가 그들에게 물었다.
"서울대 입구요."

---

23) 관악산 표지판.

부부 중 남편이 대답했다.

"아니, 지역이요!"

"아, 서울이요."

물론 서울 거주자라고 해서, 모든 이들이 관악산에 오지는 않을 것이다. 내가 아는 서울인조차도 관악산에 안 가 본 사람들이 수두룩하다.

반드시 필요한데도 이정표가 없는 지점의 팻말과 주변 풍경을 Z 님에게 부탁해 촬영한 후, 다음 날 오전 아홉 시에 바로 관악구청 공원 녹지과에 전화했다. 등산로 담당자에게 이메일을 보내 이정표를 재정비해 줄 것을 건의했다. 그는 내가 보낸 사진 자료를 확인한 후, 내게 전화를 했다.

"관악산 등산로가 워낙 다양해서, 저희도 길을 전부 다 알지는 못해요. 예산이 여유가 있어서 늦어도 구월까지는 이정표 정비를 마무리할 수 있을 거예요. 건의해 주셔서 고맙습니다!"

공익을 위해 작은 실천을 한 셈이다. 뿌듯했다.

정상에 오르면 그늘이 없는 것을 이미 알고 있었기에, 우리는 그늘이 드리워진 적당한 곳에 앉았다. Z 님은 평소엔 끼니도 잘 안 챙기는 사람이 이상하게 등산 올 땐 간식을 푸짐하게 준비한다.

또, 짐을 짊어지고 왔으면 열심히 먹어서 소진해야 마땅한데, 가져온 음식에 본인은 별로 손도 안 댄다. 그에게 서둘러 입에 털어 넣으라고 재촉했는데, 그는 먹는 둥 마는 둥 했다. 원래 식욕이 없는 것 같기도 하다.

일부러 간식을 하나도 준비하지 않았다. Z 님이 준비한 풍성한 음식들은 포도, 망고 푸딩, 반숙 달걀, 롤케이크, 게맛살 등이었다. 나 혼자 그걸 다 먹으려니 벅찼으나, 꾸역꾸역 열심히 먹었다. 그의 평소 생활 태도로 미루어 보아, 오늘이 지나면 버리게 될 음식들이라는 걸 난 짐작했기 때문이었다.

관악산은 과연 비명이 저절로 나는 산이었다. 끝없이 이어지는 기암괴석들은 급경사였고, 튼튼한 밧줄이 꼭 필요한 곳에도 밧줄이 아예 없거나 혹은 새끼손가락만 한 얇은 밧줄이 있을 뿐이었다. 간혹 두꺼운 밧줄이 눈에 띄었다.

"서울 관악산이 영암 월출산보다 더 힘드네요."

Z 님이 말했다.

"영암 월출산은 경치가 빼어나서 그걸 보면 위로라도 됐는데, 여긴 조망이 별로라서 더 힘든 것 같아요. 게다가, 시간이 지나면 고통스러운 시간도 미화돼요."

내가 대답했다. 우리는 초반의 쉬운 길을 무리 없이 올랐던 것은 어느새 까맣게 잊어버리고, 신세 한탄을 했다.

불안한 마음이 들어, 행인을 붙잡고 재차 길을 확인했다.

"여기가 연주대 가는 방향이 맞나요?"

하지만, 산에서 만난 사람들의 말을 온전히 다 믿을 수는 없었다. 우리는 열일곱 시에 탈 예정인 버스를 놓칠까 봐, 가슴을 졸이며 서둘러 발걸음을 옮겼다.

연주암에서 한번, 정상석에서 한번 Z 님과 함께 기념촬영을 했다. 인증 사진을 찍는 등산객이 별로 없어서 오래 기다리지는 않았다. 시간에 쫓기던 상황이었기에, 그나마 다행이었다. 정상에 세워진 알 수 없는 건물들은 기상관측소라는 것을 표지판을 보고 알 수 있었다.

연주대란 이름은 조선 초에 개칭한 것이다. 태조가 고려를 멸망시키고 조선을 개국한 뒤, 고려의 충신들이 이곳에서 통탄하였다 하여 이름 붙여진 것이라고 전한다. 두문동에서 순국한 칠십이 인의 충신열사와 망국 고려를 연모하며, 멀리 송경 쪽을 바라봤다고 한다.

또한, 다음과 같은 전설도 있다. 태종이 충녕대군을 태자로 책봉하려 하자, 이를 눈치챈 양녕대군과 효령대군이 왕궁을 빠져나와 이산 저산을 헤매다가 며칠 만에 발을 멈춘 곳이 관악산이었다.

그들은 관악사에 들어가 수도하면서 왕좌에 대한 집요한 미련과 동경하는 마음을 누를 길 없어, 연주대에 올라 왕궁을 바라보며 왕좌를 그리워하였다. 그리하여 관악사의 이름도 연주암으로 바뀌었다.24)

관악산이 별로 높지 않은 쉬운 동네 산인 줄로만 알았다. 하지만, 전혀 그렇지 않다. 과거에 내가 힘들게 등산했던 관악산의 과천향교 코스는 서울대 입구 코스와 비교하면 정말 식은 죽 먹기였다는 걸 오늘에서야 깨달았다.

하산할 때 '빨리, 빨리!'를 외치며 굉장히 서둘렀는데, 가지런히 놓인 돌계단을 내려가면서 몇 번이고 후회했다. 매번 느끼는 거지만, 등산은 정말 고생길이자 황천길이다. 이제까지 다녀본 블랙야크 명산 스물일곱 개 중 내가 자신 있게 초급이라고 외칠 수 있는 쉬운 산은 고작 태백산과 금정산뿐이다.

과천향교로 하산해 택시를 탔다. 경로를 이탈했다는 안내 음성이 내비게이션에서 자꾸 들렸다. 운전기사는 문재인 대통령과 트럼프 대통령이 나오는 뉴스를 열심히 보고 있었다.

내가 미리 검색해 본 택시비는 만 이천오백 원인데, 요금은 만 사천삼백 원이 나왔다. 아무래도 기사가 비용을 더 받으려고, 일부러 먼 길을 돌아간 것 같았다. 속상했지만, 소란을 피우고 싶지 않아서 그냥 참았다.

서울고속버스터미널에 도착하니 열여섯 시, 시간 여유가 있었다.

---

24) 관악산 연주대 표지판.

우리는 카레 전문점에 들어가 석식을 먹었다. 가장 저렴한 게 육천오백 원인데 가격 대비 질이 너무 낮았다.

카레인데도 불구하고, 씹히는 건 마늘과 파가 전부였다. 검색해 보니 이 식당은 분점이었다. 꼭 기억해서, 다시는 절대 가지 않겠다고 다짐했다.

터미널에 열아홉 시 전에 도착했다. 실수로 그만 휴대전화를 버스에 두고 내렸는데, 황급히 되돌아갔으나 고속버스의 직원들은 이미 퇴근한 후였다. 애가 탔으나, 어쩔 수 없는 노릇이었다. 다음 날 여덟 시 전에 핸드폰을 찾을 수 있었다. 천만다행이었다.

화기애애 장수 장안산

이천십구년 칠월 육일 토요일, 'ㅌ' 산악회 첫 참석이었다. 장수 장안산이 목적지였다. 여덟 시 삼십 분에 집합해서 승용차 네 대가 이동하는 일정이었다.

길을 잘못 들어 그만 지각하고 말았다. 게다가 주차할 공간이 없어서 또 시간을 뺏겼다.

"늦어서 죄송해요!"

허둥지둥거리며 고개를 조아렸다. 내가 꼴찌였다.

"이거 뽑으세요."

회장 경삼 님이 내게 뽑기를 내밀었다. 종이를 펼쳐보니 차주와 지정석이 표시되어 있었다. 다른 모임에서는 이제껏 본 적 없는 공평한 체계라는 생각이 들었다.

제우 님의 차 뒷좌석에 안나 님과 함께 탔고, 조수석에는 이권 님이 앉았다. 안나 님은 예전에 'ㅁ' 산악회에서 안면이 있는 터라 꽤 반가웠다.

제우 님과 이권 님은 동갑이고, 안나 님은 나보다 한 살 어리다. 모두 또래이다 보니, 분위기는 꽤 화기애애했다.

"언니, 비키니 가능?"

안나 님이 내게 질문했다.

"전(前) 애인들은 내가 뭘 입든지 별 신경 안 쓰던데요. 아무것도 안 입을 걸 제일 좋아하더군요."

내가 이렇게 대답하자, 운전석에 앉은 제우 님이 소리를 빽 질렀다.

"오늘 우리 초면이라고요!"

민망해서 크게 웃었다. 안나 님은 나보고 재밌는 사람인데 예전에 만났을 땐 왜 몰랐을까, 하고 웃었다. 우리는 어느새 장안산 집결지에 도착했다. 큐 님이 드론을 조작하고 있었다.

장안산 벽계 쉼터에 주차 후, 인원이 모두 모이자 간단히 본인 소개를 했다. 총 열여섯 명이라서 이름과 나이를 모두 기억하기란 어려웠는데, 여기서도 나와 구면인 사람이 있었다. 'ㅈ'산악회에서 만났던 L 님.

반가운 마음에 그에게 다가갔는데, 그는 나를 의도적으로 피했다. 순간 불쾌했지만 꾹 참고, 먼저 인사했다.

"안녕하세요?"

"…안녕하세요."

시간이 좀 흐른 뒤에도 내가 그에게 한마디 걸었으나, 그는 아무런 대꾸도 하지 않았다.

진형 님은 말수가 없고 조용했다.

"오늘 첫 참석이에요?"

"아뇨, 일곱 번째예요."

"그런데 왜 이리 어색해요?"

"……."

그는 수영과 테니스를 하는 모양인데, 체구는 작지만 적당히 굴곡진 탄탄한 가슴과 팔뚝이 주황색 반소매 티셔츠 위로 드러났다. 나중에 안 사실이지만, 그는 모태 솔로라고 해서 내게 충격을 안겼다.

자가용에 탑승한 인원대로 조를 나눠 움직였다. 두 팀은 먼저 출발하고, 나를 포함한 두 팀은 후발대로 천천히 올랐다. 사전에 공지된 바대로 과연 초급이어서 산행이 수월했다.

이틀 연속으로 연달아 등산 일정이 있어서, 불안했다. 장수군청 산림에 전화해, 정말 난이도 초급이 맞느냐고 문의했었다. 담당자는 그렇다고 대답했으며, 가보니 정말 그랬다. 다행이었다.

푸른 하늘 아래 여름 햇살이 이글거렸다. 녹음이 우거진 풍경을 즐기며 천천히 이동했다. 그런데, 모자가 날아갈 정도로 바람이 거세게 몰아쳤다.

산 중턱에 올라 단체 사진을 찍을 때, 내 옆에 사라 님이 서 있었다. 작은 키에 귀여운 외모를 보고, 그녀가 이십 대일 거라고 확신했으나, 서른 살이라고 했다.

"가수 벤 닮았어요. 노래 좀 해봐요!"

내가 말하자, 그녀는 황당해하며 웃었다.

정상에 올라 기념사진 촬영을 했다. 그늘이 없어서 오래 머물지는 않았다. 인증 사진을 찍을 때, 다리를 벌리고 무릎을 굽혀 우스꽝스럽게 자세를 취했다. 희정 님이 나를 보고, 재밌다며 웃었다. 희정 님과 경삼 님도 나란히 서서 다정하게 사진을 찍었다. 그들은 나이 차가 많이 나는 연인 관계이다.

하산하는 길에 정자에 들러 점심 도시락을 먹었다. 준비해 간 참외 한 개, 구운 달걀 두 개, 약간의 감바스와 현미를 먹었다. 다른 이들은 대부분 김밥을 싸 왔는데, 음식이 많이 남아서 내가 후반에 좀 무리해서 먹어버렸다.

하산 후 카페에서 담소를 나눴다. 상수 님 보고 누군가 가수 로이킴 닮았다고 했을 땐 주변에서 별 반응이 없었는데, 어떤 이가 그에게 만화 호빵맨에 나오는 세균맨을 닮았다고 했더니, 모두가 빵 터졌다. 그야말로 폭소였다.

상수 님은 큐 님과 이전 회사 동료 사이인데, 큐 님의 소개로 모임에 가입했다고 말했다. 그도 역시 블랙야크 명산 100 인증 중이라고 했다.

내 우측 사선에는 웃을 때 보조개가 들어가는 이십구 세 남자가 앉아 있었다.

"이름이 뭐예요?"

내가 그에게 물었다.

"이○○이요."

그가 대답했다.

"아, 삼행시 지을 수 있겠네요."

불현듯 시상이 떠올랐다. 그러자, 내 우측 두 번째 자리에 앉은 정미 님이 큰소리로 외쳤다.

"해주세요!"

열광적인 반응이었다.

"제 이름 삼행시도 ○○ 님이 해주시면, 할게요."

○○ 님은 웃기만 할 뿐, 별 반응이 없었다. 다행이었다. 그가 워낙 조용하길래, 의도적으로 그에게 말을 많이 걸었다.

"왜 그리 말이 없어요?"

"저는 원래, 듣는 거 좋아해요."

그가 대답했다. 말하는 걸 즐기는 터라, 그에게 이런저런 이야기를 던졌는데, 내가 무슨 말만 하면 함박웃음을 지어서 내 기분도 흡족했다. 그의 직업은 공무원이라고 했다.

"장래 희망이 뭐예요?"

혹시나 그가 정치에 관심이 있는지 궁금해서 물었다.

"그 질문은 초등학생 이후로 처음 들어봐요."

그는 치아를 드러내고 환하게 웃었다. 아마도 그는 내 의도를 모른 체, 내가 엉뚱하다고 생각했을 것이다.

"좋은 아빠가 되는 게 꿈이에요."

그의 꿈은 직업보다는 역할에 가까웠다.

"저는 계획에 없는 꿈이네요."

내가 대답했다.

인원이 많아서 모든 이들과 대화를 하진 못했지만, 우리는 다음을 기약하며 헤어졌다. 성공적인 첫 참석이었다.

남서쪽 비탈면에서 발원해 용림천으로 흘러드는 덕산계곡은 윗용소·아랫용소 등 두 개의 용소와 크고 작은 십여 개의 소(沼), 이십여 개의 기암괴석으로 유명하다. 또 가을철 동쪽 능선

을 타고 펼쳐지는 넓은 억새밭이 명물로 꼽힌다. 인근에 국민관
광지인 방화동 가족 휴양촌이 있다. 천구백팔십육년에 부근 일대
와 함께 장안산 군립 공원으로 지정되었다.[25)

---

25) 두산백과.

수도권 경치가 한눈에 서울 북한산

이천십구년 칠월 칠일 일요일, 'ㅈ' 산악회에서 서울 북한산 백운대를 다녀왔다. 지난달에 기우 님에게 서울 관악산에 가는 게 어떻겠냐고 내가 제안을 하자, 그는 관악산은 한 번도 가 보지 않았다고 했다. 또, 그는 지난 오월에도 혼자 북한산 백운대에 다녀왔다고 했으며, 북한산에 가길 권했다.

서울에 사는 사촌 언니에게 북한산 백운대에 가봤냐고 물었더니, 그녀는 북한산에 가 본 적은 있으나 백운대까지는 안 가봤다고 대답했다. 서울 거주자라고 해서 서울의 구석구석을 다 가지는 않는 모양이다. 탐험가 기질이 다분한 내가 서울에 살면, 아마 샅샅이 뒤져서 다 가봤을 테지만!

전날 장수 장안산을 다녀와서 피곤했다. 갑자기 가기 싫어졌지만, 명산 인증을 하기 위해 마음을 단단히 고쳐먹고 집을 나섰다. 서울역에 도착하니, 기우 님이 마중 나와 있었다. 그는 민소매 상의에 반바지 차림이었다.

"살갗이 다 탈 텐데요?"

"괜찮아요. 더운데 옷이 걸리적거리는 게 더 싫어요."

십 분 후, 케이티엑스를 타고 네모 님이 도착했다. 그의 외모는 내가 예상했던 모습과는 전혀 딴판이었다. 누군가 네모 님은 힘든 산을 좋아한다고 예전에 단체 대화방에서 말한 적이 있어서, 그가 거친 산꾼의 인상일 거라 예상했다. 그러나, 그의 얼굴은 흰 피부에 서글서글한 느낌이었다. 그가 깡마른 몸매의 소유자일 거라고 상상했으나, 보통의 체격이어서 내 생각과는 전혀 달랐다. 그의 겉모습만 봐서는 전혀 등산 다닐 것 같지 않았다.

지난 오월에 그가 황매산 모산재를 중급이라고 공지를 올렸길래 내가 이의를 제기했는데, 그는 상당히 언짢았나 보다. 그는 내게 두어 번 투덜거렸다. 그에게 단지 의견의 차이일 뿐이라고 설명했다.

기우 님에게 부탁해 원하는 산행지를 다니는 것을 보고, 그는 나더러 비선 실세 같다고 했다. 오해라고 정정했다. 서울 북한산은 순전히 기우 님이 먼저 가자고 했고, 그저 인증지라서 그를 따라가는 것뿐이었다.

우리 셋은 택시를 타고 구기동 탐방센터로 이동했다. 편의점에서 기우 님이 사준 음료를 마시며 다른 일행들을 기다렸다. 회장 스웅 님과 이노 님이 함께 나타났다. 그들은 나를 호기심 가득한 눈빛으로 관찰했다. 특히 이노 님이 나를 바라보는 눈빛이 반짝반짝 빛났다. 그는 나를 상당히 뚫어져라 쳐다봤다. 원래 관심받는 걸 좋아하는 편이라서, 부담스럽기는커녕 오히려 그 시선이 흥미로웠다.

정상까지 가는 길은 길고도 험난했다. 분명 최단 등산로가 있었을 테지만, 기우 님은 그동안 안 간 새로운 길을 통해 백운대를 가고 싶어 했다. 그래서, 그의 계획은 일부러 멀리 돌아서 정상에 닿는 일정이었다.

우리는 대남문, 대동문, 북한산 대피소, 노적봉 입구를 지나 백운대에 도착했다. 가는 동안 중간중간 쉬었으나, 내 체력으로는 도저히 무리였다. 힘든 길로 이끈 기우 님이 원망스러웠다.

"모악산에서는 등산 어떻게 했어요?"

스웅 님이 내게 물었다.

"기우 님이 앞으로 못 가게, 제가 막았어요."

내가 대답했다. 그리고, 그때는 나 외에 여자 회원이 한 명 더 있었기에 기우 님이 배려를 많이 해준 걸로 기억한다.

기우 님은 줄곧 선두에서 지치지 않고, 질주했다.

"아, 진짜 너무 빠르다! 벌써 사라지고, 보이지도 않네."

멀어져 가는 그의 뒷모습을 내가 야속하게 바라보자, 스웅 님이 내 곁에서 이렇게 말했다.

"기우는 관종이라서 그래요."

기가 막혀서, 너털웃음을 짓고 말았다.

스웅 님은 자신의 까무잡잡한 피부가 마음에 안 든다고 했다.

"스웅 님, 닮은 사람 있어요! 말해도 돼요?"

혹시라도 그가 기분 상해할까 봐, 눈치를 살폈다.

"누군데요?"

"오바마 미국 전(前) 대통령이요."

다들 내 의견에 동의하는 건지, 우리는 웃음바다가 됐다.

내가 느릿느릿 지친 몸을 이끌고 꼴찌로 가는데, 네 명의 남자들은 이미 잠적한 후였다. 내 뒤에서 혼자 올라오던 한 젊은 남자와 대화를 이어가며, 한 걸음 두 걸음 내디뎠다. 그는 체중 감량을 위해 등산을 하는 전주 출신의 일산 거주자였다. 어느 지점에 다다르자, 우리 일행이 나를 기다리고 있었다.

"자, 갑시다!"

내가 소리쳤다.

"아, 기다리지 말고 그냥 갈걸……."

스웅 님이 이렇게 내뱉었다. 내가 낯선 남자와 함께 사이좋게 도착할 줄은 아마 몰랐던 모양이다. 그 말을 듣고 손바닥으로 그의 팔을 툭 쳤는데, 스웅 님이 순간 깜짝 놀랐는지 움찔했다.

"아하하하하! 겁에 질린 푸들 같아요!"

그 모습을 보고 낄낄거렸다.

"아무도 나한테 이렇게 함부로 못 대하는데……."

그가 볼멘소리했다.

정상에 오르자, 서울 시내가 한눈에 들어왔다. 빼곡한 아파트 단지와 고층 건물들, 그리고 그보다 훨씬 높은 롯데타워도 저 멀리 보였다.

북한산은 도심 속에 다양한 등산로가 있어서 서울시민들은 물론 서울을 방문한 외국인들에게 인기가 높은 듯했다. 바비 인형처럼 젊고 예쁜 백인 미녀들과 우월한 신장의 백인 남자들이 내 시선을 사로잡았다. 그들이 지날 때 힐끔 보고, 뒤돌아서 한 번 더 바라봤다.

"북한산은 등산로가 워낙 많아서, 기네스북에 등재가 됐어요." 기우 님의 친절한 설명이었다.

백운대를 오르며 바라본 우측에는 인수봉이 보였는데, 사람들이 줄을 잡고 암벽등반을 하고 있었다. 상당히 위험해 보였다. 내가 본 인수봉은 마치 사람이 혓바닥을 쭉 내밀고 있는 형상이었다.

정상에는 음지가 없었다. 태극기와 삼일운동 암각문이 있었는데, 기우 님이 어서 단체 사진 찍자고 재촉하는 통에 그걸 자세히 살펴볼 겨를은 없었다.

이 글을 새긴 시기는 삼일운동 이후로 추정되며, 그 목적은 거족적 독립 만세 운동의 역사적 사실을 후세에 영구히 전하기 위한 것으로 보인다.[26]

태극기가 휘날리는 아래 거대한 바위 뒤에서 황급히 기념사진 촬영을 하고, 서둘러 하산했다. 내려오는 도중, 하늘을 올려다보니 무지개가 보였다. 반가운 마음에 사진을 찍었으나, 희미해서 아쉬웠다.

그늘이 있는 적당한 곳에서 늦은 점심을 먹었다. 기우 님이 준비한 족발, 이노 님의 달걀과 김밥, 그리고 내가 가져온 참외를 나눠 먹고 부지런히 또 길을 갔다.

혹시라도 기차를 놓칠까 봐, 가슴이 조마조마했다. 다행히 남은 일정은 예상보다 짧았다. 대서문, 북한산성 탐방센터로 하산해 스

---

26) 삼일 운동 암각문 앞 표지판.

옹 님이 준 돈으로 자판기 음료를 뽑아 마시며 목을 축였다. 안도 감이 들었다.

기우 님의 단골 식당에 가서 백숙과 죽을 먹었다. 다섯 명이 식탁에 앉았는데, 사장님이 한 상이 아니라 두 상을 차려주었다. 기우 님이 이곳의 단골손님인 덕분에 혜택을 톡톡히 받은 셈이다. 계곡물은 수심이 얕았으나, 물놀이하는 이십 대 남녀들이 꽤 있었다.

내가 무슨 말만 하면, 스옹 님과 네모 님이 자꾸 강제로 모임에서 퇴장시킨다고 했다. 기분이 상당히 우울했다. 심지어 네모 님은 나더러 말썽꾼이라고 했다. 늦은 점심을 먹은 지 얼마 안 되어서, 입맛도 별로 없었다.

"굳이 강퇴 안 하셔도 돼요. 저한테 나가라고 진지하게 한마디만 하시면, 제 발로 나갈게요."

이노 님은 내 덕분에 눈치 보지 않고 산행할 수 있었다며, 고마워했다. 그는 등산을 열심히 해서 체력을 기른 후 칠십 대 이후에 쓸 거라고 했다.

그들이 앞질러 가거나 말거나, 내 속도를 유지했다. 표지판의 글도 유심히 읽고, 바닥에 핀 이름 모를 꽃들도 사진을 찍으며 나아갔다.

"피톤치드 설명할 수 있어요? 백색소음은요?"
표지판에서 읽은 내용을 목청껏 설명했다.

"이 꽃 이름이 뭔지 알아요?"
이노 님은 접시꽃을 보고 무궁화라고 했고, 개망초를 보고 민들레라고 했다. 그 후로도 내가 알고 있는 꽃이 등장하면, 그에게 계속 열심히 설명했다.

"다음에 만나기 전엔 공부 좀 해야겠네요. 또 꽃 이름 물어볼까 봐……."
이노 님은 꽃에 관심이 전혀 없는 꽃알못이다. 등산 중에 처음 보는 꽃을 발견했다고 말하면, 그는 꽃은 아예 보지도 못했다고 했다. 그저 앞질러 가기만 했지, 경치 감상할 줄을 전혀 모른다. 또, 그는 보면 볼수록 개그맨 유세윤 닮은 꼴이다. 특히 웃을 때!

기우 님이 사준 아이스크림을 손에 들고, 북한산 국립공원 조형물 앞에서 마지막 단체 사진을 찍었다. 인근 카페에 들러 음료, 팥빙수를 먹고 즐겁게 대화를 하다가 이노 님의 차를 타고 집으로 향했다.

"엉덩이가 작은 나는 뒷좌석에 탈게요."

네모 님이 나보고 앞자리에 타라고 말했다. 하산할 때부터 두통이 있었고, 무릎도 아프고 너무 힘든 나머지 그 말에 대해 따질 기운도 없었다. 평소 내 성격 같았으면, 성희롱하는 거냐고 따졌을 터였다. 잠자코 조수석에 앉았다.

이노 님이 나와 네모 님을 기차역 앞에 내려줬다. 무궁화호를 타고 이동했다. 반면, 네모 님은 버스를 타고 기차역으로 갔다. 그가 왜 나처럼 기차를 타지 않고 버스를 타고 가는지 의아했는데, 그는 버스를 타고 귀가한 걸 곧 후회했다. 예상보다 귀가 시간이 더 지연된 모양이다.

긴 하루였다.

삼각산은 백운대, 인수봉, 만경대로 구성되어 있다. 고려의 수도인 개성에서 볼 때 이 봉우리들이 마치 세 개의 뿔처럼 보인다 해서 삼각산이라 불렀다고 한다. 고구려 동명왕의 왕자인 온조와 비류가 남쪽으로 내려와 한산에 이르러 부아악에 올라가서 살 만한 곳을 정하였다는 전설이 있는데, 이때의 부아악이 삼각산을 말하는 것이다.

삼각산 봉우리는 쥐라기 말에 형성된 대보 화강암으로 이루어져 있다. 서로 형상을 달리하는 반구형 형태를 보이며, 산 사면의 경사는 대체로 칠십도 이상에 달한다.

주봉인 백운대의 정상에는 약 오백 제곱미터의 평탄한 공간이 있어 수백 명의 사람이 앉아서 탁 트인 주변 경관을 즐길 수 있다. 백운대 동쪽에 자리 잡은 인수봉은 뿔 모양의 바위 하나가 우뚝 솟은 형상을 하고 있으며, 암벽등반 장소로 유명하다. 동남쪽에 솟은 만경대는 국망봉이라고도 불렸다.

만경대에는 무학대사와 얽힌 이야기가 있다. 태조 이성계의 왕사(王師)인 무학대사가 조선의 수도 후보지를 찾으러 순례할 때 백운대로부터 맥을 밟아 만경대에 이르러 서남 방향으로 가 비봉에 이르렀다고 한다. 거기에 한 석비가 있었는데 "무학이 길을 잘못 들어 여기에 이른다." 라고 적혀 있어서 길을 바꾸어 내려가 궁성 터(오늘의 경복궁)를 정하였다고 한다.27)

북한산 국립공원은 세계적으로 드문 도심 속의 자연공원으로, 수려한 자연경관과 다양한 문화자원이 있어 우리나라의 열다섯 번째 국립공원으로 지정되었다. 면적은 약 칠만 구천구백십육 제곱킬로미터이며, 우이령을 중심으로 남쪽의 북한산 지역과 북쪽의 도봉산 지역으로 구분된다.

북한산은 산지 전체가 도시지역으로 둘러싸여 생태적으로는 고립된 섬이지만, 도시지역에 대한 '녹색 허파'로서의 역할을 훌륭히 수행하며, 수도권 주민들의 자연 휴식처로 크게 이용되고 있다.

수도권 어디에서도 접근이 용이한 교통 체계와 거대한 배후도시로 연평균 탐방객이 오백만에 이르고 있어, '단위 면적당 가장 많은 탐방객이 찾는 국립공원'으로 기네스북에 기록되어 있다.

특히 북한산 국립공원 전체의 중심에 높이 솟아 그 웅장함을

---

27) 백운대 가기 직전에 발견한 표지판.

자랑하는 돔 모양의 화산암 암체인 백운대, 인수봉, 만경대는 북한산 경관의 으뜸으로 꼽힌다.

북한산 지역은 대표적인 서울 화강암 산지 지역에 소재하고 있다. 거대한 화강암으로 이루어진 주요 암봉과 그 사이로 우이 계곡, 북한산성 계곡, 정릉 계곡, 구천 계곡, 소귀천 계곡, 육모정 계곡, 효자리 계곡, 삼천사 계곡, 세검정 계곡, 진관사 계곡, 구기 계곡, 평창 계곡, 산성 계곡 등 수십 개의 맑고 깨끗한 계곡이 형성되어 산과 물의 아름다운 조화를 빚어내고 있다.

그 속에는 식물 칠백여 종, 동물 천사백여 종 등 총 이천오백여 종이 넘는 동식물이 서식하고 있다. 멸종 위기 야생종으로 지정된 쌍꼬리 부전나비, 고려 집게벌레, 맹꽁이, 벌매, 참매, 조롱이, 말똥가리, 독수리, 올빼미 등이 서식하고 있는 것으로 밝혀졌으며, 버들치, 피라미, 돌고기, 모래무지 등의 다양한 어류자원도 살고 있다. 또한 삼국시대 이래 과거 이천년의 역사가 담긴 북한산성을 비롯한 수많은 역사·문화유적과 백여 개의 사찰, 암자가 곳곳에 산재한다.28)

28) 〈위성에서 본 한국의 산지 지형 - 북한산, 서울 화강암 산지의 진수〉
지광훈·장동호·박지훈·이성순, 2009. 12., 네이버 지식백과.

야생화 천국 무주 덕유산

이천십구년 칠월 십사일, 블랙야크 명산 100 중 삼십 좌, 무주 덕유산 향적봉과 백두대간 백암봉을 'ㅊ' 산악회원들과 함께 갔다.

십일일 목요일부터 감기에 걸려서 몸이 아팠다. 십삼일에 선유도에 다녀온 후, 십사일에는 얌전히 집에 머물 생각이었다. 그런데, 세창 님이 갑자기 덕유산 가자고 했다. 결국, 이틀 연속으로 등산을 하게 됐다.

삼 년 전 이월, 친구와 둘이서 덕유산 눈꽃 산행 간 적이 있다. 즐거운 추억으로 기억한다. 과거에 찍었던 사진들을 살펴보면, 하얀 세상에서 강아지처럼 신났던 어린 내가 있다.

세창 님, Z 님과 여덟 시에 만나 세창 님의 차를 타고 이동했다. 그는 운전하는 것을 좋아한다고 했다.

탑승과 동시에 세상모르게 곯아떨어졌다. 등산해서 체력이 좋아지는 게 아니라, 무리해서 점차 몸의 한계에 가까워지는 듯하다. 눈 떠보니, 목적지에 이미 도착했다.

원래 세창 님은 하산할 때만 곤돌라를 타고 갈 계획이었다. 무릎이 아픈 것을 강조하며 그를 설득했더니, 희망대로 왕복 곤돌라를 탈 수 있었다.

도착했을 무렵, 덕유산 국립공원은 한산했다. 일기 예보에 의하면, 오전에 흐리다가 오후에는 비가 올 예정이었다. 그러나, 정작 하늘은 맑았다.

매표소에서 곤돌라 탑승권을 사고 건물 내부로 걸어갔다. 우리가 받은 번호표는 두 자릿수였다. 이천십육년에 왔을 때, 삼천 번대의 번호를 받고 발을 동동 굴렀던 기억이 떠올랐다.

스키장은 과거에 본 풍경과는 사뭇 다른 모습이었다. 녹색 잔디가 무성하고, 제라늄과 페튜니아도 한 편에 피어있었다.

손님을 태우지 않은 빈 곤돌라들이 질서 있게 제 할 일을 하고 있었다. 곤돌라를 타고, 고지대로 올랐다. 시간이 조금 지나자, 운무가 우리를 순식간에 뒤덮어버렸다. 맑은 하늘도 역시 보이지 않았다. 신비로운 모험의 세계에 들어서는 기분이 들었다.

"납량특집 같네요. 귀신이라도 나올 것 같은 분위기!"

곤돌라에서 내려서 본 안내판에는 향적봉까지 육백 미터이며, 난이도 보통이라고 적혀 있었다.

"매우 쉬움은 아니네요."

"아, 그래요?"

세창 님이 대답했다. 등산로는 나무 계단과 난간이 잘 정비되어 있어서 순조롭게 향적봉에 도착할 수 있었다. 등산객이 적어서 쾌적했다.

등산 시작 전에 찐 감자를 먹었는데도, 향적봉에 다다르기 전에 벌써 허기가 졌다.

"빨리 간식 먹어요!"

Z 님이 가져온 편의점표 롤케이크를 맛보았는데, 달콤했다. 크림이 입에서 사르르 녹았다. 세창 님은 배부르다고 하면서 자신의 몫을 입에 넣었다. 그 모습을 놓치지 않고, 매의 눈으로 다 지켜봤다.

좌측에 위치한 향적봉 정상석을 뒤로하고, 우측으로 난 길로 들어서면, 다음 목적지인 백암봉이 나온다. 여기는 아까와는 달리 험한 구간이 있다. 나무 계단과 난간은 찾아볼 수가 없고, 산림이 우거진 좁은 흙길이 대부분이었다.

어느 순간부터 무릎이 아팠다. 무릎 보호대를 착용하고, 등산 스틱을 꺼내 의지했다. 돌이 박힌 경사를 오르면서, 점점 기운이 빠졌다. 세창 님은 초급 산행이라고 생각해서 아예 등산 스틱도 준비하지 않았는데, 씩씩하게 앞장섰다.

비가 오다 말다 했고, 낯선 식물들이 계속 등장했다.

주목은 높은 산에서 자라는 상록 침엽 교목이며, 높이가 십칠 미터에 달한다. 고산성 수목으로 수간(樹幹)은 적갈색, 잎은 선형(線形)이며, 꽃은 사월에 피고 열매는 9~10월에 붉게 익는다. 껍질이 붉어 주목이라는 이름이 붙여졌으며, 열매는 종 모양으로 붉다. 택솔이라는 물질이 있어 항암효과가 있다고 한다.

정원수·가로수로 많이 쓰이며 목재는 귀중한 가구로 쓰인다. 덕유산 주목은 재질이 단단하며 마패와 바둑판으로 쓰였다고 한다. 이곳의 주목 수령은 300~500년생 천여 그루가 자생하며, 지방기념물 제2호로 지정·보호되고 있다.[29]

구상나무(소나무과)

우리나라의 특산종인 구상나무는 높이가 십팔 미터에 달하는 상록교목으로 노목의 껍질이 거칠다. 종자는 길이 육 밀리미터 정도이고 날개는 사십오 밀리미터 정도이다. 지리산, 가야산, 한라산 등지에 자생하는 희귀 식물로서, 덕유산에는 향적봉을 중심으로 해발 천 미터 이상 지역에 자생하고 있다.[30]

아고산대(亞高山帶)

아고산대는 공간적으로 고산대와 산지림 사이에 위치한 해발 고도가 비교적 높은 지형으로 바람과 비가 많고 기온이 낮은 지대이다.

확 트인 뛰어난 조망과 다양한 야생화, 서늘한 기후 등의 특징을 지니고 있어 높은 생태적 가치를 지니고 있으나 훼손될 경우 자연적 회복이 어려운 지역으로 국민 모두의 관심이 필요하다.

---

29) 덕유산 국립공원 안내판.
30) 덕유산 국립공원 안내판.

덕유산의 아고산대는 구상나무, 주목 등 상록 침엽수림 및 철쭉, 신갈나무 등 낙엽활엽수림과 하부 식생으로는 원추리, 산오이풀 등이 서식하며, 우리나라의 대표적 아고산대로는 지리산 반야봉, 천왕봉, 소백산 비로봉, 설악산 대청봉 등이 있다.31)

덕유평전 원추리 군락

각시원추리, 골잎원추리, 노랑원추리 등이 무리 지어 자라고 있다. 육~팔월이면 온통 노란 꽃 세상이 된다. 원추리는 해발 천미터 정도의 높은 지역(아고산대)에서 잘 자라며, 지리산 노고단, 소백산 비로봉 등에서도 원추리가 무리를 지어 자라고 있다.32)

그밖에 가는장구채, 꽃쥐손이, 사상자, 속단, 꿀풀, 참조팝나무, 큰꽃으아리(씨방), 동자꽃, 범꼬리 등 다양한 야생화를 만날 수 있었다.

식물의 이름도 개성 있고, 생김새도 저마다 달라 나는 연신 감탄했다. 새로운 세계를 탐색하는 기쁨을 느끼며, 마침내 두 번째 목적지에 무사히 닿았다.

세창 님이 나눠준 초코바를 들고 셋이서 백암봉 기념촬영을 한후, 향적봉으로 되돌아와 곤돌라를 타고 하산했다.

하산 후, 인근 식당에서 늦은 점심을 먹었다. 세 군데를 둘러봤으나, 두 곳은 가격이 너무 비싸서 부담스러웠다. 혹시나 하는 마음에 마지막으로 한곳을 더 알아봤는데, 식대가 가장 저렴했다. 버섯전골 이 인분과 갈비탕 일 인분을 주문했다. 세창 님이 음식 맛을 칭찬했는데, 특히 갈비탕이 제일 맛있다고 했다.

---

31) 덕유산 국립공원 안내판.
32) 덕유산 국립공원 안내판.

"고기 더 드실래요?"

내가 그에게 묻자, 그는 잠시 망설였다.

"아니에요. 슈히 님 다 드세요."

세창 님은 고기를 좋아하는 모양이다. 밑반찬 중에 가지가 있었는데, 금방 사라졌다. 그는 가지도 좋아한다.

"세창 님, 첫 모임 진행한 기념으로 빙수 사주세요!"

내가 소리쳤다.

"그래요. 제가 살게요!"

그가 대답했다.

복귀 후, 설빙을 먹었다.

"하나만 시켜요?"

세창 님이 내게 물었다.

"네, 하나면 됐죠! 왜요? 하나 더 시켜서 두 개 먹게요? 그럼 배 나와요."

"……."

그는 아무 말도 하지 못했다.

신제품 딸기 마카롱 빙수를 하나 주문해서, 셋이 나눠 먹었다.

"저 예전에 소백산 하산 후 빙수를 두 개나 혼자 다 먹은 적이 있어요."

세창 님이 말했다.

"그러니까, 살이 찌죠!"

눈을 흘겼다. 결론은, 그는 먹기를 참 좋아한다.

우중 산행 군위 팔공산

이천십구년 칠월 이십팔일 일요일, 군위 팔공산 비로봉을 'ㅌ' 산악회에서 인증했다. 원래 토요일에 정읍 내장산에 갈 예정이었는데, 비가 와서 취소됐다. 기분이 울적했다.

비가 내려도 모임을 진행한다고 해서, 흐린 날씨에도 불구하고 팔공산에 갔다. 회장 제우 님의 차를 타고 붕붕 님을 태워서 군위로 향했다. 그의 노고에 황송할 따름이었다. 경삼 님이 인정 님을 데려왔다. 이렇게 팔공산에서 다섯 명이 모였다.

지상에서 차를 타고, 한참 올라갔다. 산악자전거를 타고 힘겹게 오르는 사람들이 몇 명 보였다. 부슬비가 내리고, 서늘했다. 우리는 제우 님이 준비한 파란 우비를 입었다.

주차를 한 장소는 군사시설 근처인데, 사진 촬영을 금지한다는 안내 방송이 끊임없이 흘러나왔다. 시끄러웠다.

간단히 자기소개한 후, 등산을 시작했다. 비를 맞으며 산행하다니, 전혀 유쾌하지 않았다. 담벼락에 벽화를 보니 군위를 대표하는 꽃은 개나리, 나무는 느티나무, 새는 왜가리임을 알 수 있었다. 이곳은 김수환 추기경의 생가가 있는 지역이며, 사과가 유명한 모양이었다.

중간에 한 번 쉬고, 발걸음을 옮겼다. 고작 약 사십 분 만에 정상석에 다다랐다. 내가 이제까지 다녔던 명산 중에 가장 짧은 길이어서 놀랐다.

"대구 팔공산인 줄 알았는데, 우리가 간 팔공산은 군위 부분이네요. 인터넷에 지름길이 나와 있었어요?"
제우 님에게 질문했다.

"부모님께서 군위 출신이셔서, 알게 됐어요."
그가 대답했다. 궂은 날씨 탓에 고생스러운 산행이 될 것이라고 예상했는데, 우려와는 달리 순조로웠다.

하산 후 인근 맛집에 들러 해물파전과 막걸리, 오리 훈제, 콩국수를 맛있게 먹었다. 붕붕 님은 통 말이 없었고, 음식도 먹는 둥 마는 둥 했다.

"붕붕 님, 친구들이랑 같이 있을 때도 그렇게 조용해요?"

"제가 낯을 좀 가려요……. 듣는 걸 좋아해요."

인정 님도 역시 얌전하고 차분한 성격인 듯했다. 붕붕 님과 인정 님은 모두 전기 공학 전공자로, 유사한 업종의 종사자들이었다.

점심 식사를 마친 후, 석굴암을 관광했다. 훼손 방지를 위한 접근 금지 철문이 닫혀 있어서 먼발치에서 관람했다. 이후 카페로 이동해 음료를 마셨다.

인정 님은 공기업에서 근무한다고 했다.

"Y동 살죠? 그럼 혹시 H사 직원인가요?"

내가 물었다.

"네, 맞아요. 본사는 N시에 있는데, 일곱 시 삼십 분부터 열여덟 시까지 근무하느라 힘들었어요. 지금은 일하기 편해요. 퇴근 후에 취미로 테니스 배우고 있어요. 재밌어요!"

그녀는 공대 출신이라서, 남자 친구들이 대부분이라고 했다. 대학에서 사 년 사귄 애인과는 작년에 헤어진 후, 요즘 소개팅을 하는 중이라고 했다.

"그럼, 소개팅 상대와는 잘 돼가요?"

"만난 지 삼 주 넘었고, 여덟 번 데이트했는데, 아직 사귀자는 말이 없어요. 다음엔 담판을 지으려고요."

이야기를 듣자 하니, 상대방도 조용한 성격이라서 어느 누가 나서는 사람이 없는 모양이었다.

"슬쩍 손을 잡는 건 어때요?"

내가 답답해하며 물었다.

"아, 그건 아닌 것 같아요……."

"그럼, '나 어떻게 생각해요?' 라고 물어봐요."

"안 돼요! 그것도 못 해요."

귀가 중에 인정 님이 트와이스의 노래 'YES or YES'를 흥얼거렸다.

"그 노래를 소개남 앞에서 부르는 건 어때요?"

이 노래의 가사는 여자가 남자에게 자신을 선택해달라는 내용이기에 적절한 선곡인 듯했다. 인정 님은 내 말을 듣고, 그냥 미소만 지었다.

Y동에 도착하니 열일곱 시경이었다.

"저녁은 뭐 먹을 거예요?"

내가 인정 님에게 질문했다.

"사 먹거나, 굶으려고요."

그녀는 요리하는 것을 싫어한다. 우리는 다음을 기약하며 인사했다.

60좌

연애하려면 산으로

국민관광지 인천 마니산

이천십구년 팔월 이십사일 토요일, 'ㅌ' 산악회에서 총 일곱 명이 인천 마니산에서 만났다.

무려 사 주 만에 등산했다. 칠월 이십팔일 군위 팔공산 등산 이후로 날씨가 무더운 탓인지, 그간 'ㅌ' 산악회에서는 산행이 없었다. 처서가 지나자 아침, 저녁나절에는 기온이 선선해짐이 느껴졌다.

쫑 님, 정미 님과 여섯 시에 만나서, 쫑 님이 운전하는 차를 타고 출발했다. 정미 님은 쫑 님보다 한 살 연상의 여자 친구이다. 쫑 님은 그녀에게 '누나'가 아니라 '너'라고 불렀고, 대화할 때 존댓말과 반말을 섞어서 썼다. 그들은 교제한 지 얼마 안 됐으며, 쫑 님이 정미 님을 굉장히 좋아하는 것이 느껴졌다.

"왜 운영진 그만뒀어요?"

그에게 묻자, 그는

"이제 등산은 둘이서 다니고, 모임에선 가끔만 산행 참석하려고요."

하고 대답했다. 듣고 보니, 충분히 그럴만한 사유라고 생각됐다.

쫑 님은 훤칠한 키에 적당히 넓은 어깨, 늘씬한 다리를 지녔다. 전체적인 인상은 강해 보이지만, 배우 김명민을 닮았다. 그의 모든 관심은 오직 정미 님에게 쏠려있었다.

"졸려? 한숨 자."

여자 친구를 향한 그의 배려심이 묻어 있었다.

"커피를 마셔야 해."

정미 님은 커피를 마시지 않으면 생활이 안 될 정도로 카페인 중독인데, 이른 시간이라서 영업 중인 커피 전문점을 찾기가 힘들었다.

"편의점에서 커피 사면 안 돼요?"

내가 그녀에게 묻자, 그녀는

"편의점 커피는 안 돼요."

하고 대답했다. 그녀는 강력한 에스프레소를 좋아하는 듯했다.

두 번째로 들린 휴게소에서 그녀는 가까스로 커피를 구해 마셨는데, 시간이 좀 흐르자 화장실에 가고 싶다고 했다.

"어, 이제 휴게소도 간이화장실도 없는데? 근처에 갈 만한 주유소가 없나 찾아볼게."

쫑 님이 말했다.

"나 진짜 가지가지 한다……. 죄송해요!"

정미 님은 자책하며, 내게 사과했다.

"아, 저는 괜찮아요!"

바로 대답해서 그녀를 안심시키고자 했다.

운 좋게도, 근처에 요양병원이 있어서 금방 화장실을 이용할 수 있었다. 다행이었다.

아홉 시경, 우리는 목적지에 도착해 제우 님, 큐 님, 미녕 님, 우정 님과 합류했다. 마니산 주차장에서 고양이를 한 마리 만났는데, 애교 많은 수컷이었다. 그에게 다가가자, 그는 몸을 연방 비벼댔다. 손 씻기는 번거로워서, 동물에게 손을 아예 안 댔다. 한편, 미녕 님은 고양이를 만졌다가 손을 물린 모양이었다.

C시에 사는 그녀는 예전에 직업 군인이었는데, 대위로 제대한 후 지금은 공무원이라고 했다. 공교롭게도 직업 군인이 한 명 더 있는데, 대위 우정 님은 올해 일월부터 산림청 100대 명산을 다니고 있다고 했다.

우정 님은 나보다 등산을 늦게 시작했는데도 불구하고, 정복한 산의 개수는 나와 비등했다. 그의 키는 크지 않지만, 근육이 다부진 보기 좋은 몸매의 소유자였다. 피부는 햇볕에 그을린 황톳빛이었고, 인상이 이명박 전 대통령을 상당히 닮았다.

큐 님은 흰 피부에 서글서글한 눈매, 운동선수나 강사 같은 느낌을 풍기는 사내인데, 등산화와 등산 스틱도 없이 가뿐하게 뛰어 다녔다. 쫑 님과 제우 님이 그를 칭찬했다.

"날다람쥐!"

큐 님이 신은 운동화를 내가 유심히 봤는데, 신발이 거의 닳아 해져가는 상태였다.

"신발이 낡았는데, 이제 버려야 하지 않아요?"

내가 묻자, 그는 더 신을 수 있다고 대답했다.

"사실, 예전 여자 친구랑 같은 신발이에요."

"아……."

애석함에 입을 곧장 다물었다. 그는 키가 작은 아담한 여자를 선호한다고 했다.

마니산은 높이가 오백 미터 미만이라서 난이도는 초급인데, 등산을 오랜만에 하는 터라 이것마저도 무척 힘들었다. 제우 님도 그런지, 한참 뒤떨어졌다. 의외의 모습에 놀랐다. 다음 날에 서울 청계산 산행이 연달아 있는데, 그가 왜 이렇게 일정을 잡았는지 그것 또한 의문스러웠다.

정상에 오르자, 고양이들이 많았다. 어미와 새끼들이 얌전히 앉아 등산객들에게 음식을 동냥하고 있었다. 고양이들에게 음식을 주지 말라는 경고문이 여기저기 걸려있었다. 고양이들은 바싹 여윈 몸매였다. 불쌍했다.

마니산의 유래

마니산의 원래 이름은 우두머리라는 뜻의 두악(頭嶽)으로 고려사, 세종실록지리지, 태종실록에 기록되어 있으며, 민족의 머리로 상징되어 영산으로 불려 오고 있다.

강화군에서 가장 높은 산으로 사면이 급경사로 화강암이 넓게 분포되어 있다. 정상에는 단군이 쌓고 제사를 지냈다는 높이 육

미터의 참성단(사적 제 백삼십육 호)이 있으며, 이곳에서 전국 체육대회의 성화가 채화되며, 해마다 개천절에는 개천대제가 성대히 거행된다. 참성단 내 소사나무는 수령이 백오십 년이 되고, 높이가 약 오 미터로 국가지정문화재 제 오백이 호로 지정되어 참성단을 풍채 좋게 지키고 있다.

현재 마니산은 천구백칠십칠년도 『국민관광지』로 지정되었으며, 전국에서 가장 기(氣)가 세다 하여 많은 관광객이 찾고 있다.[33]

백두산과 한라산의 중간 지점에 위치한 해발고도 사백칠십이 미터의 산으로, 강화도에서 가장 높다.[34]

강화도 남서단에 위치하고 한반도의 중앙에 자리 잡고 있어 마니산을 중심으로 한라산과 백두산까지의 거리가 같다. 마니산은 단군이 제천할 정도의 명산으로 용이 승천하고 용마가 나왔으며, 신선이 사는 곳으로 칠십이 대 왕후장상이 나올 곳이라고 한다. 마니산 정산에는 단군 성조께서 하늘에 제천의식을 봉행하신 참성단이 있으며, 팔십팔년 세계 장애인 올림픽을 비롯해 매년 전국 제천시 성화를 채화 봉송하고 있는 민족의 명산이다. 등산로를 따라 구백십팔 개의 돌계단을 올라가노라면 서해 풍경이 한눈에 들어와 아름다운 경치를 만끽할 수 있으며, 동쪽 기슭으로 신라 선덕여왕 때 지은 정수사 법당 살 문짝 꽃무늬의 아름다움도 즐길 수 있다.[35]

---

33) 마니산에서 발견한 팻말.
34) 네이버 지식백과.
35) 강화도 문화관광.

맛집을 찾아 긴 기다림 끝에 게장과 꽃게탕을 포식했다. 탄수화
물 중독자인 제우 님은 무려 네 개의 공깃밥을 뚝딱 비웠다. 그는
날것을 좋아하지 않는 눈치였다. 게장은 달랑 하나만 집어 먹었다.
그의 위대함(?)에 그만 놀라고 말았다. 아쉽게도, 우리는 음식을 어
지간히 남겼다.

예쁜 카페를 검색해 찾아갔다. 경치를 감상한 뒤, 후식을 먹었
다. 마니산 등산할 때는 하늘이 흐려서 조망이 별로였는데, 언제
그랬냐는 듯 오후에는 갰다. 푸르고 맑은 하늘로 감쪽같이 변신했
다. 전형적인 가을 하늘이었다. 정미 님이 아름답다며, 잇따라 감
탄했다.

먼 길을 달려 출발지에 되돌아오자, 노래와 함성이 들렸다. 알고
보니, 싸이의 흠뻑 쇼가 한창이었다.

오순도순 서울 청계산

이천십구년 팔월 이십오일 일요일, 'ㅌ' 산악회의 제우 님, 엄지 님과 함께 서울 청계산 매봉을 방문했다.

일곱 시에 집합해 제우 님이 운전하는 차를 타고 이동했다. 전날 인천 마니산을 다녀와서 몸이 아팠지만, 명산 100 완주하는 그날을 하루라도 앞당기고자 마음을 굳게 먹었다.

엄지 님은 입사한 지 팔 개월 된 햇병아리 사회 초년생이며, 간호사로 근무 중이다. 백오십칠 센티미터의 아담한 키에 흰 피부, 통통한 볼살이 귀여웠다.

그녀는 대학교 입학과 동시에 타지 생활을 시작했으며, 현재 사택에서 동기 간호사들과 함께 살고 있다. 말투가 특이했는데, '~다나까'를 사용해 마치 군인 같았다.

제우 님이 어제 인천 마니산에서 너무 힘겨워해서, 그의 상태가 걱정됐다. 다행히, 이제 몸이 풀렸는지 기대 이상으로 수월하게 올랐다. 한시름 덜었다.

엄지 님은 산을 잘 탔는데, 하산할 때는 나보다 늦어서 의외였다. 그녀가 말했다.

"하산할 때, 무서워요."

청계산은 조망이 썩 좋진 않았으나, 엄지 님은 경치가 아름답다며 연신 함박웃음을 지었다. 과연 스물여섯 살의 싱그러운 소녀 감성이 느껴졌다. 목적지에 도착해 제우 님이 준비한 간식을 사이좋게 나눠 먹고, 셋이 단란한 인증 사진을 찍었다.

처음에 제우 님은 단체 사진을 안 찍으려고 했으나, 나와 엄지 님이 졸라서 셋이 함께 찍었다.

"사진 왜 안 찍어요? 여기까지 왔는데…."

결과물을 보면, 우리 셋이 다정해 보여서 내 마음에 쏙 든다.

등산로 날머리에서 계곡 하류를 발견하고, 우리 셋은 신발과 양말을 벗은 후 입수했다. 잘 버텨준 내 다리와 발에게 잠깐이나마 시원한 휴식을 선사했다. 녹음은 한창이었고, 주말의 여유를 즐기는 관광객들의 모습이 보기 좋았다.

하산 후, 엄지 님이 등산복을 샀다. 여름 이월 상품 할인 기간이라서 바람막이, 상의, 하의를 팔만 원 미만으로 저렴하게 살 수 있었다.

저렴한 값에 현혹되어 장비를 사고픈 마음은 굴뚝같았으나, 이미 등산용품들이 있기에 더 욕심을 부리는 건 사치인 듯싶었다.

인근 식당에서 해물파전과 오리 훈제 고기를 먹고, 카페로 이동해 다과를 즐겼다. 열여섯 시에 자리를 떴다. 단출하고 오붓했다.

청계산이라는 이름은 산에서 흘러내리는 물이 맑아 '청계(清溪)'라는 이름으로 불렀으며 조선 시대에 푸른색 용이 승천하였다는 전설을 두고 청룡산이라고도 불렀다는 기록이 있다.

추사 김정희는 청계산 옥녀봉 북쪽 자락에 초당을 짓고 살았다.

관악산과 함께 서울을 지켜주는 '좌청룡 우백호'의 명산이기도 하다. 예전에는 청룡산이라고도 했던 청계산은 두 개의 얼굴을 가지고 있다. 양재 분기점을 지나 경부고속도로로 접어들 때 오른쪽으로 보이는 청계산은 순한 육산이지만, 과천 서울대공원 정문 부근에서 바라보는 청계산 정상인 망경대 주위는 바위로 이루어져 있어 위압감을 느낀다.[36]

---

36) 네이버 지식백과.

일박 이일 울산 신불산

이천십구년 시월 오일 토요일, 'ㅌ' 산악회에서 여섯 명이 모여 관광을 하고, 다음날에는 신불산을 등산했다.

여섯 명 중 다섯 명은 열네 시에 집합해 출발했고, 부산 거주자인 경삼 님은 중간에 우리와 합류했다. 본래 첫째 날 계획은 울산에 도착해 관광할 예정이었으나, 태화강이 침수됐다는 소식을 듣고 부산으로 방향을 틀었다. 이동 도중 석식으로 고기를 먹고, 이동했다.

지각생 소진 님이 아이스크림을 사서, 얻어먹은 터라 배가 별로 고프지 않은 상태였다. 큰 봉지에 과자도 가득 들어 있어서, 내내 군것질을 했다. 게다가 고기가 좀 남아서, 버리는 게 아까웠다.

부산 해운대에는 한복 패션쇼가 있었던 모양이었다. 우리가 도착했을 땐, 가수 다이나믹 듀오가 한복을 입고 공연 중이었는데, 가수들을 가까이에서 본 응조 님이 투덜거렸다.

"다듀도 이제 늙었어!"

'우리는 늙는 것이 아니라 영글어 가는 것이다' 라는 말이 갑자기 떠올랐다. 노화는 비록 서글픈 일이지만, 우리네 인생은 깊이를 더해 가는 것이라고 생각한다.

워낙 관객이 많아서 제우 님, 지효 님, 소진 님과 나는 먼발치에서 구경했다. 제우 님이 지효 님의 머리카락을 만지고, 어깨에 손을 올리는 것을 우연히 곁눈으로 보고, 깜짝 놀라고 말았다.

제우 님은 여자 친구가 생겼다는 말을 지난 구월에 했다. 어디서 어떻게 만났냐는 질문에, 그는 혼자 등산하다가 알게 된 상대라고 대답했다.

지효 님을 처음 봤을 때, '혹시 제우 님의 여자 친구?' 하고 질문했으나 그녀는 부인했다. 그 후로도 계속 의심을 거두지 않았고, 그녀에게 '혹시 남자 친구 있어요?' 하고 묻는 등, 줄곧 눈치를 주었다. 그들을 의심한 데에는 다 이유가 있다. 바로 분위기였다. 서로를 대하는 태도가 곁에서 느껴질 정도로 달았다.

우리가 블랑이라는 주점에서 술과 음료를 마실 때, 제우 님은 지효 님과 사귄 지 삼 주가 지났음을 밝혔다. 그들은 무려 일곱 살 차이가 난다. 웅조 님이 눈을 휘둥그레 뜨고, 지효 님에게 질문했다.

"제우랑 왜 사귀어요?"

그녀의 언행이 다소 무례했으나, 속으론 동조했다. 스물일곱 살 지효 님은 미인이라서, 솔직히 그녀가 제우 님과 사귀는 건 좀 아깝다고 생각했다. 나중에 지효 님에게 다가가 이유를 묻자, 그녀는 이성의 외모보다는 성격을 더 중요하게 생각한다고 대답했다.

연인들을 제외한 인원 넷은 근처에서 바이킹을 탔다. 어느 술 취한 아저씨 한 분이 아내와 딸과 함께 우리 앞자리에 앉았다. 그는 "나 원래 바이킹 타는 거 별로 안 좋아하는데, 가족들이 타니까 나도 같이 타는 거야." 라고 말했다. 그 말을 들은 주변인들은 모두 배꼽을 잡았다.

탑승 직후, 그에게 전화가 한 통 걸려왔다. 굳이 안 받아도 될 것 같은데 굳이 받아서는 "사장님, 제가 지금 바이킹 타는 중이라서, 통화는 오래 못 해요!" 라고 말했다. 그 모습을 보고 있자니, 비죽비죽 웃음이 나왔다.

해풍을 맞은 탓에 놀이 기구는 상당히 녹슬었고, 금방이라도 무너질 것 같은 음산한 분위기를 자아냈다. 다행히 별일은 없었고, 우리는 두 손을 하늘 높이 쳐들고 전율을 만끽했다.

하늘 높이 솟은 순간, 내려다본 밤바다는 야경이 아름다웠다. 여유로운 밤이었다. 편의점에서 다음 날 먹을 식량을 산 후, 숙소로 돌아와 잠을 청했다. 산속이라서, 매섭게 추웠다. 낯선 환경이라서, 쉽사리 잠을 잘 이루지 못했다. 소진 님도 역시 뒤척였다.

아홉 시, 펜션을 떠나 등산을 시작했다. 우리는 초보자를 배려해 초급 등산로를 선택했다. 이날 모인 회원 중 최고령인 삼십칠 세의 소진 님은 운동을 좋아하지 않는데, 건강을 위해 등산을 시작했다고 했다. 경사는 완만해서, 등산하는 데 별 무리는 없었다.

정상에 도착해 인증 촬영을 하는데 바람이 어찌나 심하게 불던지, 머리카락이 얼굴을 강타했다. 곳곳에 억새가 군락을 이루고 있었으나, 이제 조금씩 피는 단계여서 절정의 모습은 아니었다. 아쉬웠다. 거센 바람이 몰아쳐서, 옷깃을 단단히 여며야만 했다.

매점에 들려 컵라면과 간식을 먹고, 하산했다. 거리가 멀어서 하산이 무척 고됐다. 특히 아스팔트 길이 지루했다. 발가락 통증이 괴로웠다.

소진 님이 몇 년 전에 혼자 유럽 여행을 갔을 때, 공항에서 만난 연하남 이야기를 해줬다. 상대는 배우 박보검, 정해인처럼 꽃미남이었다고 했다. 여자들끼리 상상의 나래를 펼쳤다.

계곡에서 차가운 물에 발을 담그고 열을 식혔다. 물이 얼음처럼 차가웠다. 다들 비명을 질렀다. 경삼 님은 아예 머리도 물에 적셨다.

그는 희정 님과 헤어지게 된 이유가 바로 자신의 빚 때문이라고 했다. 자영업자도 아닌 직장인이 왜 부채를 진 건지, 좀 의아했다. 그러나, 그에게 더 이상 캐묻지 않았다.

혼자 차에 머물렀고, 다른 이들은 막걸리를 한 잔씩 마셨다. 배도 부르고, 피곤해서 음식을 더 먹고 싶은 생각이 전혀 없었다. 화장실을 가려고 차에서 내렸는데, 경보음이 시끄럽게 울렸다. 제우 님이 투덜거리며 자리에서 걸어 나왔다.

"연락을 좀 주시지……."

당황했으나, 눈치가 보여 그냥 잠자코 있었다.

집으로 돌아오는 길은 무료했다. 제우 님이 운전하느라 고생을 많이 해서, 굉장히 미안한 마음이 들었다. 이번 산행은 일박 이일 일정이라서 숙박비, 식대, 교통비 등 약 십만 원이나 소비했다. 비싼 여행이었다.

영남 알프스의 관문 간월재

신불산과 간월산 두 형제봉 사이에 갈마처럼 잘록한 간월잿마루는 영남 알프스의 관문이다. 이 왕고개를 일러 선인들은 '왕방재', 또는 '왕뱅이 억새만디'라 불렀다. 밥물처럼 일렁이는 오만 평의 억새밭은 백악기 시대 공룡들의 놀이터이자 호랑이, 표범과 같은 맹수들의 천국이었다. 간월산 표범은 촛대 바위에 숨어 지나가는 길손을 노렸고, 간월산을 지키던 소나무는 목재화석이 되었다.

간월재 서쪽 아래에 있는 왕방골은 우리 민족사의 아픔을 오롯이 간직한 골짜기이다. 사방이 산으로 에워싸인 원시림 협곡이라 박해받던 천주교들의 은신처였고, 한때는 빨치산의 아지트(사령관 남도부)가 되기도 하였다. 지금도 왕방골에는 생쌀을 씹으며 천주의 믿음을 죽음으로 지킨 죽림굴과 숯쟁이가 기거하던 숯막이 남아있다. 왕방골 산발치에 있는 파래소 폭포는 소원 한 가지를 들어준다고 하여 '바래소'로 불린다.

간월재는 삶의 길이기도 했다. 배내골 주민, 울산 소금 장수, 언양 소장수, 장꾼들이 줄을 지어 넘었다. 주민들은 시월이면 간월재에 올라 억새를 베 날랐다. 벤 억새는 다발로 묶어 소에게 지우고, 사람들은 지게에 한 짐씩 지고 내려와 억새 지붕을 이었다.[37]

---

37) 간월재에서 본 표지판.

티격태격 합천 황매산

이천십구년 시월 십이일 토요일, 'ㅌ' 산악회의 다섯 명의 남자들과 정답게 합천 황매산에 바깥나들이를 했다.

일곱 시에 여덟 명이 모일 예정이었으나, 여자 회원 두 명이 개인 사정이 있다며 취소했고, 남자 회원 한 명은 늦잠을 자서 강제로 퇴장당하고 말았다. Y동 거주자인 그는 인근 주민인 나와 함께 이동하기로 약속을 했는데, 당일에 갑자기 연락이 안 됐다. 그를 오 분간 기다리다가, 별수 없이 혼자 출발했다.

집합 장소에 도착하자, 활짝 웃는 쫑 님의 얼굴이 제일 눈에 띄었다. 제우 님의 말에 의하면, 큐 님이 졸음운전을 해서 교통사고가 났다고 했다. 그래서 갑자기 쫑 님이 운전을 맡게 됐다. 상수 님과 나는 그의 차에 탔고, 큐 님과 성호 님은 제우 님의 자가용에 탑승했다.

성호 님, 상수 님, 쫑 님은 나와 동갑인데, 성호 님이 가장 생일이 빠르고, 다음이 나이다. 제우 님이 나더러 성호 님을 '오빠'라고 부르라며 장난을 쳤다.

성호 님은 등산을 좋아하지만, 경험은 드물다고 했고, 최근에 'ㅌ' 산악회의 운영진이 됐다. 그의 직업은 컴퓨터 프로그래머이고, 등산 외에 다른 운동은 복싱을 한다고 소개했다.

지난 오월에 'ㅅ' 산악회에서 내 주관으로 아홉 명이 들렀던 황매산의 모산재 코스는 아름다웠으나, 산세가 험하고 시간도 없어서 정상은 가지 못했다. 자가용을 타고 편하게 오토 캠핑장까지 가고 싶었으나, 철쭉 철이라서 관광객이 많아서 어쩔 수 없이 코스를 변경했다.

이번에 큐 님이 모산재를 초급 코스라고 공지를 올렸다. 그에게 모산재는 절대 초급이 아니고 중급 이상이라고 건의했다. 다행히 내 의견은 받아들여졌고, 우리는 자가용을 타고 오토 캠핑장까지 편하게 올랐다. 나중에 안 일이지만, 나를 제외한 다른 이들은 모산재를 간 적이 없어서 기대했고, 가길 원했다.

시월의 가을 하늘은 청명했고, 햇살은 따가웠다. 황매산의 억새는 한창이었다. 지난주에 갔던 울산 신불산보다 훨씬 볼만했다. 우리는 연신 감탄을 연발하며 이동했다. 오토 캠핑장 이후의 길은 계단이 잘 정비되어 있어서 오르기가 수월했다.

쫑 님과 나는 선글라스와 모자를 썼다. 등산 도중에 만난 세찬 바람은 옷깃을 단단히 여미게 만들었다. 머리카락이 주체할 수 없을 정도로 휘날려서 처치가 곤란했다.

산행을 다니다 보면 내가 홍일점이 되는 경우가 종종 있는데, 사실 불편하다. 무릎이 약한 내가 튼튼한 남자들을 쫓아가기란 뱁새가 황새 쫓아가는 격이나 마찬가지이다.

특히 큐 님, 제우 님, 쫑 님이 내게 짓궂게 굴어서 사실, 기분이 유쾌하지만은 않았다. 하지만 다수에게 밉보여서 이로울 게 없으니, 잠자코 참을 수밖에 없었다.

정상을 향해 열심히 등산하던 중 잠깐 멈춰서 쉬는데, 큐 님이 티셔츠를 걷어 땀을 닦았다. 그 과정에서 배꼽이 보여서 내가 한마디했다.

"배 보여요."

그러자, 제우 님은 자신에게 한 말인 줄 오해하고 짜증을 냈다.

"어쩌라고?"

제우 님에게 시선을 주지 않았다. 큐 님은 재치 있게 내 말을 받았다.

"얼굴 보여요."

그 말을 듣고, 그냥 넘겼다. 머리 위로 올린 선글라스를 내려서, 다시 썼다.

"가려야겠다."

154

"이과인가?"

류 님이 내게 묻길래 나는

"예술계요!"

라고 대답했다.

"전공이 뭔데요?"

"미술인데, 사람들이 가끔 저보고 무용 전공이냐고 묻더군요. 또, 배구 선수냐고 묻는 사람도 있었어요."

대답을 마치자마자, 우측에 있던 쫑 님이 동의할 수 없다는 듯 등산 스틱의 날카로운 촉을 내게 겨누며 위협했다.

"키가 작은데, 무슨 배구 선수예요?"

좌측에 있던 제우 님이 부정했다.

"저 작은 키 아니에요!"

내가 대답했다.

"키가 몇인데요?"

"백칠십 센티미터 같은 백육십삼 센티미터요!"

"에이, 작은 키네!"

"작은 키는 아니고, 보통이죠. 백육십 센티미터 미만인 여자들도 있는걸요."

비록 내 편을 들어주는 이는 한 명도 없었지만, 혼자 꿋꿋하게 버텼다.

정상에 도착해 기념 촬영했다. 정상석은 발 디딜 곳이 불안정한 좁은 곳이었는데, 높기까지 해서 떨어질까 봐 덜컥 겁이 났다.

쫑 님과 서로 인증 촬영을 해줬는데, 내가 찍은 게 마음에 안 든다며 제우 님에게 재촬영을 부탁했다. 그 말을 듣고 기분이 씁쓸했다.

'괜찮게 나온 것 같은데…….'

그들은 다시 줄을 섰다. 어르신들이 새치기한 모양인지, 잡음이 들렸다.

"저희도 가야 해요. 줄을 서 주세요!"

촬영을 마친 후, 돌아온 그들은 낮은 목소리로 구시렁거렸다.

"저러고 싶을까……."

정상에는 그늘이 없었다. 삼봉으로 가는 길에 발견한 그늘에서 쫑 님의 돗자리를 펴고 점심을 먹었다. 제우 님이 가져온 오리고기와 편육, 김치, 오다가 구매한 김밥과 과자를 나눠 먹었다. 김치가 너무 시지 않고 적당히 익어서 맛있었다.

"단무지 드실 분?"

좌측에 앉은 쫑 님이 말했다.

"저 먹을래요! 단무지를 왜 안 먹어요?"

내가 응했다.

"네, 저 단무지 안 먹어요. 근데, 안 줄 거예요."

"……."

이상한 사람이다.

"소시지 먹어도 돼요?"

내가 상수 님에게 물었다.

"네, 드세요."

소시지는 총 세 개였는데, 치즈가 들어 있는 소시지는 하나였다.

"이거 드세요. 전 아무거나 먹어도 상관없어요."

이번에는 쫑 님이 내게 치즈가 든 소시지를 양보해 줬다. 고마운 사람이다.

내 우측에 앉은 성호 님은 누군가와 연락을 하는 모양이었는데, 제우 님이 소리쳤다.

"성호는 여동생을 밖에서도 챙기네!"

그의 말투는 마치 '오죽하면 연락할 상대가 없어서 친동생이랑 연락을 다 하냐'는 의미 같았다.

"동생이랑 몇 살 차이예요?"

내가 성호 님에게 질문했다.

"다섯 살 차이요."

"저도 친오빠랑 다섯 살 차이 나요."

내가 대답했다. 그러자, 제우 님이 툭 내뱉었다.

"오빠가 참 힘들었겠어요!"

삼봉은 봉우리 세 개가 모여 있는 지점인데, 꽤 험했다. 그나마 거리가 짧아서 다행이었다. 조망은 좋았다. 파란 하늘과 물, 녹음이 청량감을 주었다.

삼봉을 가자고 한 건 쫑 님이었다. 그는 체격도 좋고 기운도 세 보인다. 지난 주말에 정미 님과 함께 'ㅎ'산악회에서 홍천 계방산에 다녀온 모양이었다. 나중에 알고 보니, 상수 님도 'ㄷ'산악회와 'ㅎ'산악회에서 활동하다가 탈퇴했다고 했다. 복잡하고 안타까운 사연들이 많다.

황매 삼가다봉

예로부터 황매산은 수량이 풍부하고 온화한 기온으로 황(黃)은 부(富)를, 매(梅)는 귀(貴)를 의미하고 전체적으로 풍요로움을 뜻하여 황매산에 들어오면 굶어 죽진 않는다고 전해진다. 3봉은 황매산 정기를 이곳으로 총 결집하여 세 사람의 연인이 태어난다는 전설이 전해지고 있는 곳으로 누구나 이 세 봉우리를 넘으면서 지극정성으로 기원한다면, 본인이나 후손 중 훌륭한 현인이 될 것이라 믿는다.[38]

무학 굴

황매산은 예로부터 많은 선인들이 수도한 곳으로 이름나 있다. 그중에서도 태조 이성계의 조선 건국을 도운 왕사 무학대사가

---

38) 황매산 3봉의 표지판.

으뜸일 것이다. 무학대사는 합천군 대병면 성리(합천댐 하류)에서 태어나 황매산 이곳 동굴에서 수도를 하였다 한다. 수도를 할 적에 그의 어머니께서 이 산을 왕래하면서 수발하다가 뱀에 놀라 넘어졌다. 칡넝쿨에 걸리고, 땅에 긁혀 상처가 난 발을 보고 백일기도를 드려 이 세 가지를 없앴다고 한다. 그리하여 황매산은 이 세 가지가 없다 하여 3무(無)의 산이라 불리기도 한다.39)

　　하산 후 주차장으로 돌아가는데, 오전보다 급격히 늘어난 차가 도로에 정체되어 있었고, 나들이 온 듯 보이는 관광객들이 많았다.
　　"오월에 철쭉 보러 다시 여기 와야겠다."
큐 님이 소망했다.
　　"그때까지 우리 모임이 계속 있을까?"
제우 님이 진담인지 농담인지 모를 의미심장한 말을 했다.
　　"자, 저는 차에 가서 자고 있을 테니, 모산재 다녀오세요."
곁에서 내가 한마디 거들었다.
　　"얄밉다!"
큐 님이 대답했다.
　　귀갓길에 덕유산 휴게소에서 만나 목을 축였다. 큐 님은 회비 정산을 했고, 제우 님과 상의해 십일월 산행 계획을 짰다. 단풍놀이하러 내장산, 주왕산, 금수산에 가자고 건의를 했으나, 안타깝게도 수렴되지 않았다. 아무래도 개인적으로 가야 할 것 같다.
　　복귀하는 길에 쫑 님의 유년 시절 이야기를 들었는데, 그의 폭력적인 면을 알고 소스라치게 놀랐다.
　　"애들은 때리면서 키워야 해."
그의 의견은 큰 충격이었다.
　　"폭력은 나쁜 거라고 배웠어요."

---

39) 황매산 무학 굴의 표지판.

반론을 제기했다. 그는 나와 동갑이니 친구인 셈이지만, 가까이하기엔 차이점이 많은 것 같아서 좀 불편하다. 그는 내게 억새 명소인 장흥 천관산을 추천했다.

작별 인사를 하기 위해 다시 모였다.

"십일월에 한 번밖에 참석 못 해요. 일정을 보니, 이미 인증한 곳이네요."

내가 제우 님에게 말했다.

"그래요? 어디요?"

그의 얼굴에 갑자기 화색이 돌았다.

"큐 님이 맡은 상주 청화산이요. 아니, 왜 그리 좋아해요? 혹시, 나 보기 싫어서?"

"자, 이만 집에 갑시다!"

마음 맞는 동호인 만나기, 쉽지 않다.

둘이서, 정읍 내장산

이천십오년 십일월에 혼자 내장산에 단풍을 보러 온 적이 있다. 그때 찍었던 사진과 기록이 있기에, 그것들을 훑어보면 과거의 기억이 새록새록 떠오른다. 그해 여름에 가뭄이 들었기 때문에 단풍 시기가 상당히 늦었고, 새파란 잎들을 보면서 굉장히 실망스러웠다.

일요일에 찾아갔는데, 케이블카 탑승권을 구매하고서도 한참 기다려야 해서 결국 환불했다. 내장사만 둘러보고 발걸음을 돌렸으며, 단풍은 아예 들지도 않아서 너무 아쉬웠다. 푸른 잎들이 어찌나 원망스럽던지!

그로부터 사 년 후, 금요일에 과감히 휴가를 내고 내장산에 다시 가기로 마음먹었다. 'ㅊ' 산악회의 세창 님과 Z 님에게 연락해 보니, 세창 님은 부모님을 모시고 내장산에 갈 계획이라고 했다. 그래서, Z 님과 둘이 가게 됐다.

이천십구년 십일월 팔일 금요일, 정읍 내장산 신선봉으로 향했다. Z 님의 퇴근 시간에 맞춰 무궁화호를 타고, 정읍역으로 이동했다. 원래 시내버스를 타고 내장산 국립공원까지 갈 계획이었으나, 택시를 타야만 했다. 버스 정류장 위치를 어느 택시 기사님에게 묻자, 그의 조언이 상당히 현실적이었기 때문이다.

"버스를 타면, 오늘 중으로 내장산 못 가요. 관광객들로 미어터져요."

현지인의 말이니, 그만큼 설득력이 컸다. 또, 이미 내장산을 다녀간 적이 있던 터라 충분히 예상했다.

내장산 국립공원 입구에 채 닿기도 전에, 도로는 이미 꽉 막힌 상태였다. 미터기는 만 사천 원을 나타냈다. 기사님께 양해를 구하고, 서둘러 하차했다. 산책로를 천천히 걸었다. 하늘은 맑고, 햇살은 따사로웠다. 평화로운 가을 풍경이 천천히 흘러갔다.

드디어 입구에 도착했다. 평일인데도 불구하고, 관광객들은 상당히 많았다. 한국인들뿐 아니라, 중국인들도 북적거렸다.

내장산 케이블카를 타려면 매표소를 거쳐 가야 하는데, 내장사를 둘러보지 않더라도 입장료를 내야만 한다. 단풍 명소로 유명한 내장산에서는 국립공원 매표소에서부터 케이블카 타는 지점까지 특별히 이 시기에만 임시 셔틀버스를 운영한다.

대기자가 너무 많았기에, 과감히 셔틀버스 탑승을 포기했다. 부지런히 걸으니, 약 이십 분이 걸렸다. 케이블카 앞마당에는 긴 줄이 늘어서 있었다. Z 님에게 가서 줄 서 있으라고 말하고, 발권했다. 그리고 Z 님을 향해 고개를 돌렸는데, 이미 그의 뒤에는 두 명의 대기자가 더 있었다. 일행과 함께라서, 그나마 시간을 벌 수 있었다.

케이블카에서 하차 후 연자봉과 신선 삼거리를 지나 마침내 목적지인 신선봉에 도착했다. 케이블카 덕분에 고생을 줄이고 인증을 할 수 있었다.

정상석 앞에서 블랙야크 명산 100 인증하는 사람들을 발견했는데, 어느 여성이 얼굴을 다 가리고 촬영했다.

"블랙야크 인증 촬영은 얼굴 가리시면 안 돼요! 선글라스 쓰는 건 괜찮지만, 코와 입은 보여야 해요."

큰소리로 조언을 아끼지 않았다. 그녀는 내장산 신선봉이 첫 인증지라서 인증 규칙에 대해 잘 몰랐다고 대답했다.

"몇 좌 인증하셨어요?"

곁에 있던 다른 일행이 내게 질문했다.

"곧 사십 좌를 바라보고 있어요."

"우와!"

다들 감탄했다. 우쭐해서 어깨를 으쓱였다.

사 년 전에 실패한 여행기와 비교하면 이번 산행은 목적을 달성했으니 꽤 성공적이었지만, 역시나 단풍은 별로였다. 정읍역으로 돌아가는 택시를 탔을 때 들은 기사님의 말씀에 의하면, 최근에 날씨가 포근해서 단풍이 잘 안 들었다고 했다. 결국 이번에도 또 꽝인 셈이다. 단풍이 아직 들지도 않아서 잎사귀가 새파란데, 그 와중에 낙엽이 벌써 지고 있었다. 씁쓸했다.

정읍역에서 귀가하는 무궁화호는 열다섯 시 삼십일 분 기차였기에 혹여 기차를 놓칠까 봐 조마조마했지만, 다행히 안정적으로 탑승할 수 있었다. 무사히 귀가했다.

세창 님에게 내장산에 다녀왔냐고 안부를 묻자, 그는 부모님과 일정이 맞지 않아서 못 갔다고 말했다. 그로부터 이 주 후, 그에게 등산을 가자고 제안했다. 그러나, 그의 태도는 뜨뜻미지근했다.

다음에도 그냥 Z 님과 둘이 가야겠다. 그는 야간에 근무하는데도 불구하고, 잠도 잊은 채 씩씩하게 등산을 가는 믿음직한 동행이다. 혼자가 아니라서, 참 다행이다.

슬그머니, 상주 청화산

이천십구년 십일월 십육일 토요일, 'ㅌ' 산악회의 제우 님과 열두 시 삼십 분에 만나기로 했는데, 주차 공간이 없어 헤매다 몇 분 지각하고 말았다. 지난달 합천 황매산 등산 이후로 오랜만에 만나는 그는 일찍 도착해 있었다.

제우 님이 운전하는 차 조수석에 앉았다. 그의 옆자리에 앉는 것은 처음이다. 최근에 겪었던 교통사고에 대해 구구절절한 사연을 말했더니, 그는 주의 깊게 하소연을 들어주었다.

한편, 더 놀라운 사실은 그가 여자 친구와 헤어졌다는 소식이었다. 무려 일곱 살이나 어린 그의 전 애인은 얼굴도 예쁘고 몸매도 좋았다. 그런 미녀를 그가 차지했다는 것도 상당히 놀라웠지만, 두 달도 채 안 돼서 벌써 이별하다니 그것 또한 충격적이었다.

이유를 물으니, 술 때문이었다. 그는 술을 안 마시는데, 헤어진 여자 친구 지효 님은 술을 매우 좋아한다고 했다. 게다가, 데이트 비용도 제우 님이 혼자 다 내서 굉장히 부담스러웠고, 그녀는 그저 사랑을 받기만 한 모양이었다. 동등하지 못한 관계였다.

꿩 대신 닭인지는 모르겠으나, 그는 내게 단둘이 등산 다니는 건 어떠냐고 제안했다. 순간, 그가 내게 작업을 거는 건가 싶어서 핑계를 댔다.

인원 모집을 해서 여럿이 가야 회비가 절약될 것 같다고 대답했다. 그러자, 그는 내게 차비를 안 받을 테니 커피 한 잔만 사달라고 했다. 그건 꽤 유리한 조건이었다.

이날의 인증지는 상주 청화산이었고, 큐 님과 미녕 님이 합류했다. 집결지 늘재에 미녕 님이 가장 먼저 도착해 있었다. 동갑인 그녀는 소방공무원인데, 신입 때는 교대 근무를 하다가 지금은 행정 업무를 하고 있어서 주말에 쉴 수 있다고 했다.

큐 님이 조금 늦게 모습을 드러냈다. 열네 시부터 등산을 시작했다. 오후에 등산하기는 처음이었다. 큐 님이 오전에 출근해서, 일정이 그렇게 됐다.

교통사고 후유증으로 허리에 통증이 느껴지고, 입술이 바싹바싹 말랐다. 자꾸 기침이 나고, 가래까지 뱉어서 오전에 씨티 촬영까지 마치고 왔던 차였다.

초반에는 큐 님의 뒤를 내가 따라갔으나, 중반 이후부터는 서서히 지쳐서 꼴찌를 지켰다. 다 마신 빈 물병을 가방 옆 주머니에 넣으려다 그만 놓쳤는데, 산비탈 아래로 굴러떨어져 버렸다.

"아, 주워 올게요."

안 그래도 기진맥진한데, 그 광경을 보고 더 지쳤다.

"내가 주워올게!"

그 모습을 본 제우 님이 물병을 가져다주었다. 고마웠다. 또, 한편으로는 갑자기 살갑게 구는 그의 의중이 뭔지 궁금하기도 했다.

우리가 선택한 길은 최단 거리였지만, 중급 이상이었다. 도대체 정상은 언제 나오나, 마음속으로 한탄했다. 등산객은 드물었다. 미세먼지가 자욱하게 껴 있었다.

무사히 정상에 도착해 인증 촬영을 했다. 제우 님은 귀찮다며, 사진을 찍지 않았다. 그는 현재 팔십이 좌 인증했다고 말했다. 그도 나처럼 등산을 좋아하지 않고 무릎이 아픈데, 여행을 상당히 좋아하는 모양이었다. 우리의 공통점이었다. 또, 그는 제주도 한라산도 무려 아홉 번이나 다녀왔고, 오름이며 올레길이며 안 가 본 곳이 없다고 했다.

'ㅈ' 산악회의 스웅 님의 조언에 의하면, 제우 님은 거짓말을 많이 한다고 했다. 그러니, 제우 님의 말을 맹신할 수는 없는 노릇이다. 좀 더 지켜볼 일이다.

하산하는 길에 바닥에 수북이 쌓인 낙엽을 밟고, 그만 미끄러지고 말았다. 앞서던 제우 님과 미녕 님이 나를 돌아봤다.

"괜찮아요?"

"아, 네! 괜찮아요."

미처 허우적댈 찰나도 없이 그만 나동그라지고 말았다. 오른팔로 바닥을 짚었는데, 허리가 욱신거렸다. 교통사고 후유증이 크다.

개이득 파주 감악산

이천십구년 십일월 이십삼일 토요일, 여덟 시 사십 분경, 이제 막 집에서 출발할 참이었는데 전화가 왔다. 'ㅌ'산악회 제우 님으로부터였다.

"상수가 늦잠 잤대. 이따 전화하면 나와!"

원래 우리는 아홉 시에 집합해 구미 금오산을 갈 계획이었다. 상수 님이 전날 음주를 한 탓에 늦잠을 잤고, 집결지를 착각해서 엉뚱한 곳으로 가버렸다고 한다.

열 시, 우리 셋은 내가 사는 동네에서 만났다. 예정보다 무려 한 시간이나 늦었다. 교통사고 후유증으로 인해 여전히 요통을 겪고 있었고, 상수 님도 숙취로 인해 상태가 안 좋아 보였다. 심지어 그는 머리도 못 감고, 면도도 못한 채 나왔다고 했다. 제우 님도 새벽 두 시에 잠들었다고 했다. 결국, 우리는 즉흥적으로 계획을 변경해 목적지를 파주 감악산으로 틀었다.

이동하던 중, 이천에서 푸짐한 한식으로 점심을 해결했다. 원래 인(人)당 만 팔천 원인데, 직원이 결제를 잘못해서 만 이천 원으로 계산했다. 횡재한 셈이다. 유쾌했다.

부지런히 달려, 드디어 감악산에 도착했다. 이곳에는 자가용을 타고 정상 부근까지 편히 오를 수 있는 등산로가 있다. 오토바이를 탄 남자들이 열여섯 명이나 지나갔다. 트럭도 여러 대가 지나갔다. 길은 비좁았지만, 다행히 사고는 없었다. 굽이굽이 급경사를 지나자, 얼음이 보였다. 깊숙한 산골짜기에서 한겨울과 스쳤다.

주차장은 따로 없었으며, 공터에 주차를 마치고 등산을 시작했다. 팻말에는 육백 미터라고 표기되어 있었으나, 막상 오르니 십 분도 채 안 지나서 등산이 끝나버렸다. 싱거웠다. 이제까지 다녀본 명산 중 단연 최단 거리였다.

정상석에서 인증 촬영을 하려는데, 어떤 어르신들이 돗자리를 펴고 자리를 잡더니, 제사를 지내기 시작했다. 왜 여기서 제사를 지내는 건진 알 수 없었으나, 서로 피해가 가지 않도록 주의하며 시간을 보냈다. 정상에 레이더 탑을 설치하는 공사가 한창이었다. 공기가 탁했다. 자꾸 콜록콜록 기침이 났다. 서둘러 자리를 떴다.

하산 후 서울로 향했다. 인사동에서 수제비 맛집 사냥을 하고, 카페 오설록에서 후식을 먹었다. 제우 님은 첫 발령지가 경기 과천이었고, 과거에 사귀었던 다섯 살 연상의 여자 친구가 혜화역 인근 거주자라서 이곳을 훤히 잘 알고 있었다.

"왜 헤어졌어요?"

"여자가 나한테 결혼하자고 해서."

"저런……."

이십 대에 결혼하는 건 아무래도 손해 보는 듯한 기분이 들기 마련이다.

소화도 시킬 겸, 낙산공원과 탑골공원을 둘러봤다. 빗방울이 조금씩 쏟아지다 이내 그쳤다. 자취방 옥상에 널어둔 이불들이 걱정됐다.

서울의 야경이 아름다웠고, 저 멀리 남산 타워도 보였다. 곳곳에서 연인들의 다정한 모습을 흔히 볼 수 있었고, 거리에서 길거리 공연을 하는 젊은이들과 관객들도 꽤 보였다.

한편, 서울은 볼거리와 놀거리가 많아서 겉보기에는 즐거워 보이지만, 교통체증과 주차 대란이 극심했다. 도로에 주차된 차들 앞유리에는 불법 주차 과태료 통지서가 몇 개 붙어 있었다. 다행히 우리에게는 벌금이 부과되지 않았다.

상수 님은 좋아하는 여자에게 고백하기로 마음먹었다는데, 휴대전화를 손에서 놓지 않고 상대와 계속 연락하고 있었다.

우리 중 제우 님이 가장 피곤했을 테지만, 나 역시 장시간 차를 타고 이동해서 꽤 지루했다.

"십이월 십사일 토요일에 같이 스키장 가자."

제우 님이 내게 제안했다.

"안 돼요. 저 십삼일 금요일에 야간으로 스키장 가는데, 다녀와서는 쉬어야 해요."

"또 가면 되지."

"저 죽어요! 혹시 G 님 혼자 여자라서, 나도 데려가려는 거예요?"

"아니, 너 가면 재밌을 것 같아서!"

그의 말이 왠지 달콤하게 들렸다.

귀갓길에 비가 꽤 거칠게 내렸다. 집에 도착하니, 옥상 빨랫줄에 널어놓은 이불들이 비를 머금고 축 늘어져 있었다. 억울하고 서글펐지만, 비에 젖은 이불을 덮고 잘 수밖에 없었다.

70화

산에서 만나요

연말엔 정선 함백산

이천십구년 십이월 일일 일요일, 원래 평창 오대산에 갈 예정이었다. 강원도에는 눈이 많이 오는 모양이었는데, 입산 통제로 인해 등산을 못 하게 됐다. 그런 까닭에, 정선 함백산으로 목적지를 변경했다. 'ㅌ' 산악회의 제우 님, 은하 님, 성호 님, G 님, 민서 님, 붕붕 님이 참여했다.

일곱 시에 출발했다. 이동하던 도중 휴게소에 들렀다. 제우 님이 손수 싸 온 김밥을 두어 개 집어먹었다. 집에서 이미 아침 식사를 했는데도, 배변은 아직 기미조차 보이지 않았다. 혹시 음식을 더 먹으면, 난처한 순간에 배변 신호가 올까 봐 조마조마했다. 음식을 보니 구미는 당겼으나, 절제하려고 노력했고, 결과적으로 소식했다.

제우 님이 운전하는 스타렉스는 속도 제한이 있어서 빠르지는 않았지만, 안전하게 목적지에 도착했다. 차를 타고 상당히 많이 올라간 지점에서 등산을 시작했기에, 정상까지는 고작 일 킬로미터 남짓이었다. 내심 안도의 한숨을 쉬었다. 교통사고 후유증을 겪고 있는 터라, 무리하면 안 되기 때문이었다.

제우 님이 나보고 '가가멜'이라고 놀리길래, '캐러멜'이라고 능청스럽게 대답했다.

오늘의 등산 꼴찌는 내가 아니었다. G 님이 꼴찌였다. 제우 님의 의견에 의하면, G 님은 'ㅈ' 산악회의 네모 님과 연애 감정이 있었을 거라고 했다. 내가 나중에 그녀에게 이상형을 물어보니, "조인성!"이라고 대답했다. 그것을 미루어 보면 이성의 외모를 많이 보는 편인 것 같다. 내 생각으론, 그 둘이 잠시라도 사귀었을 것 같지는 않다.

휴게소에서 G 님이 성호 님과 둘이 커피를 마시며 시간을 보내는 것을 보고, 그들에게 "둘이 사귀어요?"라고 슬쩍 물었다. 돌아오는 대답은 "친구예요. 친해요." 가 전부였다. 언뜻 보면 둘이 입은 옷의 색깔도 같은 아이보리 계열이라서 비슷하고, 키 차이도 적당해서 꽤 잘 어울리는 것 같다. 어디까지나 나만의 의견일 뿐이지만 말이다.

함백산은 강원도 태백시와 정선군 고한읍의 경계에 있는 산으로 우리나라에서 여섯 번째 높은 백두대간의 대표적인 고봉 가운데 하나다.

함백산은 조선 영조 때의 실학자 여암 신경준이 저술한 산경표에 대박산으로 기록되어 있고, 정선총쇄록에는 상함박, 중함박, 하함박 등의 지명이 나온다.

왜 함백으로 바뀌었는지에 대해서는 정확하게 알 수 없으나, 태백(太伯), 대박(大朴)과 함백(咸白)이라는 말은 모두 '크게 밝다'는 뜻이다.[40]

함백산 정상에 오르니, 칼바람이 몰아쳤다. 눈이 굉장히 많이 쌓이진 않았지만, 눈 구경을 할 수는 있는 정도였다. 서둘러 인증 촬영을 마치고, 하산했다. 하산은 식은 죽 먹기였다.

제우 님이 미리 알아둔 맛집으로 가서 물 닭갈비를 먹었다. 난생처음 보는 음식인데, 닭갈비에 물을 추가로 부었을 뿐, 특별한 점은 딱히 없었다.

벽에 걸린 안내 글을 읽어보니, 물 닭갈비는 광부들의 애환이 서린 지역 특식임을 알 수 있었다. 그 사실을 알고 보니, 이색적인 느낌이 들어서 신선했다.

식사를 마친 후, 근처 카페로 이동했다. 건물 내부에 들어서자,

---

40) 정상에서 발견한 표지석.

달콤한 빵 향기가 식욕을 자극했다. 우리는 식사를 배불리 했음에도 불구하고, 계피가 든 식빵과 바질, 치즈가 든 식빵을 또 먹었다. 남은 빵 한 조각은 내 차지였다.

가게 한 편에는 작은 성탄 나무가 장식되어 있었고, 연말 분위기가 물씬 풍겼다. 작고 아늑한 공간이었다.

남촌 고흥 팔영산

이천십구년 십이월 칠일 토요일, 'ㅌ' 산악회에서 단둘이 산행하는 건 이번이 처음이었다. 제우 님과 함께 고흥 팔영산 깃대봉으로 향했다.

우리는 아홉 시 삼십 분 경에 만나 출발했다. 이동하던 도중, 순천에서 점심을 해결했다. 가락국수와 초밥, 새우튀김을 먹었는데 과식을 해서 속이 부대꼈다.

"배부르면, 그냥 음식 남겨요."

제우 님이 말했지만, 그럴 수 없었다. 검소하고, 알뜰한 성격 탓이다. 꾸역꾸역 새우튀김을 입에 넣고, 서둘러 자리를 떴다.

남쪽의 햇살은 강렬하고, 기온은 포근했다. 마치 가을 날씨 같았다. 자외선이 강해서, 선글라스를 썼다. 세 시간 이상 부지런히 달려 드디어 고흥에 도착했다. 고흥 하면, 나로도가 떠오르는데, 너무 멀어서 여태 갈 기회가 없었다. 그저 지명만 어렴풋이 알 뿐이다.

자가용을 타고 한참 올랐다. 팔영산 자연휴양림에 도착해 주차한 후, 등산을 시작했다. 들머리에서 만난 동백나무와 오솔길이 정겨웠다.

제우 님이 최단 길을 검색해서 일정을 계획한 덕분에 한 시간 이내로 무리 없이 정상까지 닿을 수 있었다. 줄곧 계단이 이어져서 쉴 틈이 없었다. 우리는 거친 숨을 몰아쉬며 헉헉거렸다.

깃대봉에 올라 조망을 보니 탁 트인 시야에 파아란 하늘과 넘실거리는 물이 한눈에 들어왔다. 탄성이 절로 나왔다.

"와, 아름답다!"

비상구 표식에서 영감을 받아 밖으로 뛰어나가는 몸짓을 하며, 즐거운 마음으로 인증 촬영을 했다. 오후의 따사로운 햇살을 받은 얼굴이 쾌활해 보여서 마음에 쏙 든다.

하산 후 여수로 이동해 낙지 전골을 먹고, 여수 엑스포 빅 오쇼를 관람했다. 제우 님의 인맥을 통해 무료로 구경할 수 있었다. 공연은 야외무대에서 열여덟 시 삼십 분에 시작했는데, 해진 후의 체감 기온은 영하였다. 직원이 핫팩을 나눠줬다. 관객석에 앉아 무릎 위에 담요를 덮었다.

이날이 올해의 마지막 공연이었고, 관객은 소수였다. 해안가에 큰 호텔의 야경이 번쩍거렸다. 한여름에 연인과 함께 오면 좋을 법한 분위기였다.

거대한 알처럼 생긴 조형물 안에서 영상이 나오는데, 어린 소년과 바다의 정령들이 등장했다. 우리의 생명의 근원인 바다를 아끼고, 사랑하자며 간곡한 호소를 담은 내용이었다. 웅장한 음악과 함께 시선을 사로잡는 화려한 불꽃이 인상적이었다. 뿜어져 나오는 열기가 관객석까지 느껴졌다.

이십이 시경에 귀가했다. 인원이 둘뿐이라서 지출은 컸지만, 유익한 시간이었다.

셋이서 제천 월악산

이천십구년 십이월 이십일일 토요일, 여덟 시에 모여 제천으로 이동했다. 제천 월악산 영봉에 가기 위함이었다. 'ㅌ' 산악회의 큐 님이 운전을 하고, 민서 님이 조수석에 탔다.

뒷좌석에 앉아 독서를 하는데, 큐 님은 나더러 '하고 싶은 말만 하는 사람'이라고 했다. 그는 내 심기를 거스르게 하는 폭언을 몇 마디 더 했지만, 연장자에게 화를 내봤자 나만 손해일 것 같아 꾹 참았다.

민서 님은 과거에 체중이 육십오 킬로그램까지 나갔는데, 지금은 오십이 킬로그램까지 감량했다. 키는 백육십이 센티미터에 마른 몸매이며, 닭가슴살을 먹으며 꾸준히 운동 중이라고 했다.

그녀의 대학 전공은 패션디자인이고, 일 년 휴학하고 졸업했더니 다른 경쟁자들보다 나이가 더 많아서 취업에 실패한 모양이다. 그 이야기를 듣고 안타까웠다.

민서 님은 현재 보험회사에서 보상금 지급하는 업무를 하는데, 하루에 삼백 건 이상의 일 처리를 해야만 된다고 한다. 생각만 해도, 눈코 뜰 새 없는 전쟁 같은 근무 환경일 듯하다.

그녀가 예전 남자 친구에 대해 잠깐 언급했는데, 키가 백육십오 센티미터밖에 안 되는데도 불구하고 말재주가 좋아서 인기가 있던 사람이었나 보다. 나중에 다른 여자와 바람이 나서, 헤어졌다고 한다.

"그 후에도 마주쳤는데, 그 애는 아무 일도 없었던 것처럼 저를 대하더군요."

"어머, 어머! 뻔뻔스럽네요! 나라면 어색해서, 피했을 것 같은데……."

호들갑을 떨며 반응을 보였으나, 쓸쓸했다.

"최근에 남자 소개를 받았는데, 잘 안됐어요."

"어떤 사람이었는데요?"

"사진이랑은 다르게 생겼어요."

이 또한 무척 안타까웠다.

제우 님이 월악산 영봉의 최단 등산로는 분명 쉽다고 말했는데, 전혀 그렇지 않았다. 뒤에서 헉헉거리며 쫓아가기도 힘들었고, 큐 님과 민서 님은 저만치 앞섰다.

목적지에 다다를 무렵, 눈과 얼음이 보였다. 길이 꽁꽁 얼어서 하마터면 미끄러질 뻔했다. 무서웠다.

대화 내용을 들어보면 친구 사이인 것 같았으나, 얼굴을 보면 결코 또래로 보이지 않는 등산객들이 보였다. 한 명은 피부가 희고 주름도 별로 없는 젊은 여자인데, 다른 한 명은 까무잡잡한 살결에 뚱뚱하고 살집이 퉁퉁한 여자였다. 그들을 보며, 고개를 갸우뚱거렸다.

굽이굽이 산세가 내 시선을 사로잡았다. 정상에 오르자 칼바람이 옷깃을 파고들었다. 경치를 즐기고 있는데, 큐 님이 까마귀 소리를 냈다. 나무 덤불이 그의 모습을 가리고 있었다.

"웬 미친 사람인가 했네요."

건조한 어조로 그에게 말했다.

드디어 정상에 올랐다. 감격에 겨워 은쟁반 같은 호수를 바라보고 있자니, 큐 님이 빨리 인증 사진 촬영 후 하산하자고 재촉했다. 그는 한여름 옷차림이었다.

그가 사진을 두 번 찍어줬는데, 별로 마음에 안 들어서 민서 님에게 부탁해 재촬영을 했다. 큐 님이 또 허튼소리를 했다. 그 덕에 활짝 웃었는데, 표정이 참 천진난만하게 나왔다. 마음에 든다.

다른 이들은 외식하러 갔다. 귀가 후, 어머니가 주신 동지죽을 먹었다.

기묘한 경관의 성주 가야산

 이천이십년 일월 십팔일 일요일, 여섯 시 십 분, 'ㅇ' 산악회의 수키 님과 만나 집결지로 향했다. 오늘의 목표는 성주 가야산 우두봉이다. 아직 해가 뜨기 전이라서 칠흑같이 깜깜하고, 추운 새벽이었다.

 편의점에서 삼각김밥을 샀는데, 근무자는 키가 크고 날씬한 남자 외국인이었다. 명찰을 보니, 이름은 압둘라였다. 그는 우즈베키스탄에서 왔으며, C 대학교 경제학과에 재학 중이라고 했다.

 나중에 이걸 우람 님에게 말했더니, 우즈베키스탄은 너무 더워서 살기 힘든 나라이고, 대부분 젊은이는 돈을 벌기 위해 러시아로 간다고 했다. 그는 해외여행을 많이 다녀서 저축한 돈이 별로 없다고 했지만, 이날 모인 네 명 중 유일하게 기혼이었다.

 우람 님은 작년 가을에 결혼했으니, 한참 신혼이다. 그가 신혼이라서 좋을 것이라고만 막연히 생각했지만, 의견을 들어보면 또 그렇지만은 않은 것 같았다. 우람 님의 세 살 연하 부인은 피아노 전공자이다. 그녀는 정이 많으며, 섬세한 성격인 반면, 남편은 비교적 개인주의자이고, 남성적인 듯했다. 서로의 성격 차이에서 오는 갈등이 분명 있었던 것 같다.

 우람 님은 토목공학 전공이고, 이십칠 세 때 공무원이 되었단다. 그는 눈이 작아서, 마시마로 캐릭터를 닮았다.

 덕주 님은 지인의 소개로 모임을 함께 하게 됐다고 했다. 그는 전국의 열일곱 개 국립공원을 모두 다니는 것이 목표라고 했으며, 외국계 기업의 유통 관련직이라고 했다. 그는 키도 크고 날씬한데, 알고 보니 유전이라고 했다. 조부는 체격도 크시고 인물도 훌륭하셨다고 했는데, 아쉽게도 본인은 조모를 닮았다고 했다. 그는 수키 님을 돌보며, 천천히 나아갔다.

 수키 님은 나와 동갑인데, 사진과는 전혀 딴판이었다. 만나기 전에 본 사진은 절세 미녀였는데, 실물을 보니 그저 그랬다. 심지어, 그녀는 화장도 안 한 것 같았다. 옆에서 보니, 콧대가 꺾여서 별로 안 예뻤다. 조용하고 말수가 없는 성격인 듯 보였다. 친해지려고 말을 많이 걸었으나, 그녀는 별 반응이 없었다. 나중에는 그냥 신경 쓰지 않기로 했다.

우리는 아홉 시경 백운동 주차장에서 등산을 시작해 칠불골, 서성재를 거쳐 정상 우두봉에 도착했다. 약 세 시간이 소요됐다. 그동안 등산을 쉬지 않고 꾸준히 다녔기에 별로 힘들지 않았지만, 수키 님은 간만의 산행이라서 힘든 모양이었다. 덕분에 꼴찌가 아니라서, 위안이 됐다. 우람 님은 만물상 코스로 등산을 하길 원했다. 무릎이 아픈 터라, 부담스러웠다.

인증 촬영 후, 점심을 먹고 혼자 먼저 출발했다. 나머지 세 명은 칠불봉을 경유했다. 잠시 혼자였는데, 하산 길에 만난 어느 아저씨는 내 무릎 보호대를 보고 잘못 착용한 게 아니냐며 단단히 여며 주셨다. 초면에 웬 오지랖인가 싶어 좀 황망했다.

계단을 막 내려가려는데, 배낭 문을 활짝 열고 올라오는 청년이 보였다.

"가방 문 열렸어요!"

그는 전혀 모르는 눈치였다. 그가 입은 옷을 보니 BAC(Blackyak Alpine Club)이라는 글씨가 시선을 사로잡았다. 그 역시 명산 100 인증 중인가 보다. 몇 좌 했냐고 질문하니, 그는 육십 좌 이상 완주했다고 대답했다. 그는 충주 거주자인데, 무리해서 하루에 두 개 이상 인증하는 모양이다. 그에게 눈을 흘겼다.

"그건 규칙 위반이죠!"

"거리와 시간 관계상 어쩔 수 없어요."

그가 변명했다.

그렇게 잠시 대화를 하다 보니, 일행과 재회하게 됐다.

"아는 사람을 만난 건가요?"

우람 님이 내게 물었다.

"원래 낯선 사람과도 자연스럽게 대화하는 편이에요."

이렇게 대답했다.

나를 제외한 모두의 염원으로 인해, 만물상으로 하산하게 됐다. 상급이라는 평판에 걸맞게, 과연 만물상은 길고도 험했다. 날씨가 맑아서 하늘이 푸르고, 햇살도 따듯했으며, 경치도 참 아름다웠다. 갖가지 기암괴석이 펼쳐진 모습이 과연 만물상이라는 이름에 걸맞았다.

사람의 옆모습을 닮은 바위도 있었고, 엉덩이 혹은 토스트를 연상케 하는 바위도 발견했다. 우람 님이 말한 사자 바위는 볼 수 없었다. 특별히 팻말이 존재하지는 않아서 아쉬웠다.

덕주 님이 수키 님에게 "여기는 만물상, 수키는 울상." 이라고 말하는 게 웃겼다. 그의 말을 이어 "여기는 만물상, 내 무릎 통증은 진상." 이라고 나지막이 중얼거렸다.

하산하니 열여섯 시, 장장 일곱 시간이나 걸렸다. 만물상 코스는 상당히 길었다. 무사히 귀가했다.

청송 주왕산에서 받은 위로

원래 토요일에 평창 오대산 비로봉으로 눈꽃 산행 갈 예정이었으나, 불미스러운 사건이 있었다. 'ㅇ' 산악회에는 공지 사항을 전달하기 위한 단체 대화방이 있는데, 사건의 발단은 거기서부터 시작된다.

사십 대 남자 운영진 C 님이 어느 산을 다녀와서 단체 대화방에 사진을 올렸길래, "누구랑 다녀왔어요?" 하고 그에게 물었다. 그러자 그는 "싱글이야." 라고 대답했다. 내 평소 성격 같았으면 "초면에 실례지만, 경어 써주세요." 하고 듣기 싫은 소리를 했겠지만, 문제를 일으키고 싶지 않았다. 그냥 말없이 단체 대화방을 나가버렸다.

며칠 후, 회장 우람 님에게 '왜 단체 대화방을 나갔느냐?' 하고 연락이 왔고, 그에게 전화를 걸었다. 문자로 구구절절 설명하기도 귀찮고, 또 오해가 생기면 곤란하기 때문이었다. 다행히 우람 님은 납득하는 눈치였다.

"그건 형님이 잘못하신 것 같네요. 제가 대신 말을 전하는 건 어떨까요?"

"아니요! 그럼 또 오해가 생길 수도 있으니, 제가 직접 본인에게 말할게요."

그렇게 일단락됐다.

평창 오대산 산행 공지는 일월에 올라왔는데, 비로봉에서 두로령을 거쳐 약 다섯 시간 이상 걸리는 산행이었다. 비로봉까지만 다른 이들과 함께 갔다가, 홀로 하산해서 탐방안내소에서 대기할 예정이었다. 그래서, 회장 우람 님에게 미리 허락을 맡았다. 그는 수락했고, 그렇게 아무 문제 없을 줄 알았다.

그런데, 문제는 C 님이었다. 그는 내게 개인행동을 할 거면 혼자 산행하지, 왜 산악회에 왔냐는 것이다. 어이가 없었다.

"당신 성격이 그러니까, 사십 대인데도 불구하고 장가를 못 갔지!" 라고 퍼부어 주려다, 꾹 참았다.

치솟는 성질을 내리누르며, "제가 저질 체력이라서요. 개인 차이도 존중해 주세요." 하고 교양 있게 응대했다. 그는 아무 대답이 없었다.

온종일 그의 답장을 기다리다가, 급기야 전화했다. 그가 내게 무례하게 반말을 한 것과 회장이 이미 허락한 사안에 대해서 딴지를 걸은 것에 대해 지적했다. 그러자 그는 사과는커녕 모임에서 나를 자르겠다고 위협했고, 무책임하게 전화를 끊어버렸다. 오만불손했다.

바로 회장 우람 님에게 전화를 걸어 이 사태를 설명했다. 그는 자신이 C 님과 통화를 한 뒤, 내게 다시 연락을 주겠다고 말했다. 그의 연락을 기다렸다.

잠시 후, 회장으로부터 전화가 왔다. 그는 불만 두 가지를 말했다. 그 역시 내게 좋지 않은 감정이 있었다. 내가 지난 일월 십팔일 토요일에 성주 가야산 우두봉을 다녀온 후 기행문을 에스엔에스에 올렸더니, 자신의 실명을 공개한 것에 대해 부정적으로 말했고, 사과를 요구했다. 바로 사과했다.

"회장님 기분이 상했다고 하니 사과를 한 것이지, 사실 잘못한 것이 없다고 생각해요."

"그건 개인 정보예요."

그가 지적한 점은 하나 더 있다. 수키 님은 내 차를 타고 함께 이동했다.

"그건 둘이 알아서 카풀비 계산하세요."

우람 님이 말했다.

"어차피 가는 길이라서 안 받아도 되는데, 그것도 차비를 받아요?"

내가 되물었다.

내가 사는 H 동에서 집결지 N 동까지는 약 십일 킬로미터이다. 수키 님은 이의 없이 카풀 비용 오천 원을 송금했다. 산행을 다녀온 다음 날인 일월 십구일 일요일의 일이다.

그런데, 회장은 내게 오천 원이 너무 비싸지 않냐고 했다. 시간이 한참 지난 후인 이월 칠일 금요일에 말이다. 비용을 계산한 근거가 뭐냐고 물었다. 기가 막혔다.

"저 그 돈 안 받아도 돼요!"

수키 님과 함께 차를 타고 이동한 건 목적지에 함께 가려는 순수한 의도에서 비롯된 것이지, 애초에 돈을 받고자 그녀와 만나서 움직인 게 아니었다. 하물며, 그녀는 내게 '고맙다'는 말 한마디도 하지 않았다. 그 당시 찜찜한 기분이 들었지만, 표현하지 않고 그냥 묻어뒀다. 그 또한, 고맙다는 인사를 받기 위해 주행한 게 아니기 때문이었다.

일이 이렇게까지 커지자, 그녀에게 그 점에 대해 따지고 싶었다. 그러나, 통 연락이 되지 않았다. 수신 거부한 모양이었다.

회장은 내게 탈퇴할 것을 요구하며, 죄송하다는 말을 덧붙였다. 순순히 모임을 탈퇴했다.

이천이십년 이월 구일 일요일, 홀로 청송 주왕산 주봉에 올랐다. 혼자 운전하느라 고생했지만, 하늘이 맑고, 햇살이 포근했으며, 운동량도 적당했다. 원래 안내 산악회를 통해서 편하게 다녀오려고 했으나, 인원 미달로 인해 당일 취소됐고, 억울한 심정으로 혼자 떠났다.

주차를 마치고 대전사까지 걸어 올라가는데, 상인들이 호객행위를 했다. 직접 개발했다는 사과 과자와 초콜릿, 치즈, 생강차, 파전 등을 얻어먹었다. 다들 친절하고 상냥하셨다. 특히 인상적이었던 어느 여자 상인 분은 내게 이렇게 말했다.

"젊은 게 아니고, 어리네!"

마냥 쑥스러워서, 그저 웃음으로 화답했다.

"저 안 어려요……. 고맙습니다!"

그녀는 내 가방 옆 주머니에 생수 한 병을 꽂아주었다. 그간 속상했던 내 마음이 눈 녹듯 누그러지는 것 같았다.

대전사를 거쳐 본격적인 등산을 시작했다. 매표소에서 여직원이 동료에게 다른 사람의 험담을 하는 목소리가 마이크를 통해 다 들렸다. 단체 손님들과 마찰이 있었던 모양이었다. 오래간만에 바깥 세상에 나오니, 이런 자질구레한 것들이 다 소소한 즐거움으로 다가왔다. 또, 어느 비구니 덕에 스님은 다른 절에 가도 입장료가 무료라는 것을 알게 됐다.

등산로는 경사가 완만하고 특별히 힘든 구간이 없었다. 뒤에서 혼자 오던 오십 대 남성이 내게 말을 걸었다.

"어디서 왔어요?"

"○○이요."

"어, 나도 ○○에서 살았는데!"

그는 ○○에서 십 년 이상 산악회 활동을 했다고 했다. 내가 이천십팔년 유월부터 ○○에서 산악회 활동을 하면서 그간 겪은 우여곡절들을 그에게 토로했다. 그러자 그가 이렇게 말했다.

"산악회에서 대인관계 문제가 많은 이유는, 함께 하는 시간이 길어서예요. 등산을 하면 종일 같이 있잖아요. 친밀해지는 만큼, 사건과 사고가 많은 법이죠. 다른 모임은 비교적 안 그렇잖아요."

듣고 보니, 과연 그랬다. 설득력이 있었다.

"게다가, 등산하는 사람들이 성격이 세요. 나도 지금은 많이 사그라들었지만, 과거엔 성격이 불같았거든!"

그는 미혼이라고 했다.

우리는 주봉에 도착해 음식을 나눠 먹고, 악수한 뒤 헤어졌다. 비록 혼자 간 산행이었지만, 대화 상대가 있어서 즐거웠다.

하산하는 동안 만난 등산객들은 주로 가족 단위였다. 어느 부부가 내게 말을 걸었다.

"애인이랑 안 오고 왜 혼자 다녀요?"

예쁘장하게 생긴 부인의 질문이었다. 현재 애인이 없다고 말하려다가, 그러면 왜 애인이 없냐고 또 질문을 할까 봐 그냥 이렇게 대답했다.

"애인이 등산을 별로 안 좋아해요."

"그래요? 그럼 애인을 다른 놈으로 바꿔 버려!"

그녀의 당찬 조언에 함박웃음을 지었다.

"사실, 저도 등산 별로 안 좋아해요."

뒤따라오던 남편이 입을 열었다.

"아가씨, 문○○ 대통령에 대해 어떻게 생각해요?"

"아, 정치와 종교 얘기는 아는 게 없어서 딱히 드릴 말씀이 없어요."

"문○○이 정치를 잘할 거라고 생각해서 뽑았는데, ○재앙이여, 재앙!"

"아, 저는 문○○한테 투표 안 했어요. 아버지께서 투표하신 걸로 알고 있어요."

"그래? 아버님한테 정신 똑바로 차리시라고 전해요!"

그들은 제천에서 왔다고 했다. 부인은 지나갈 때 내 손가락을 살짝 잡았다. 순간, 기분이 좋았다.

"다른 지역에서 온 사람 만나니 반갑네요. 조심히 내려가요."

열한 시에 등산을 시작해 열네 시에 하산했다. 서둘러 귀가했다. 도착하니 열여섯 시 삼십 분이었다. 첫 장거리 운전은 비교적 성공적이었다.

초급 산행 고창 방장산

　이천이십년 이월 십사일 금요일, 'ㄷ' 모임의 중수 님, 리부 님을 만났다. 마침 금요일에 휴무여서, 인증 산행을 다녀왔다. 리부 님이 고맙게도 운전을 해준 덕분에 그의 애마 말리부를 타고 편안히 잘 다녀왔다. 우리 셋은 공교롭게도 같은 구에 거주한다.

　그들은 서로 원래부터 아는 사이였다. 나와는 초면이었는데, 중수 님은 내게

　"온라인에서 만난 낯선 남자들과 등산을 가다니, 겁이 없다."

라고 했다.

　열 시, 고창 방장산 자연휴양림에 도착했다. 봄 날씨처럼 기온이 높았다. 역시 남쪽은 확연히 다르다. 정상까지 가는 데 약 구십 분이 소요됐다. 인터넷에서 미리 검색해서 알고 있던 정보대로 초급 산행이었다. 다행이었다.

　파란 하늘이 상쾌했다. 마치 가을 같았다. 저 멀리 하얀 뭉게구름이 이불처럼 산을 감싸고 있었다. 한라산에 갔을 때 봤던 아름다운 경치가 떠올랐다.

　이정표가 없어서, 혹시 길을 잘못 든 건 아닐지 걱정이 됐다. 다행히, 정상석이 보였다. 준비해 간 간식을 나눠 먹고, 하산했다. 주차장까지 되돌아가는 데 육십 분이 걸렸다.

　장비를 모두 갖추고 있어서 비교적 수월했다. 하지만, 다른 이들은 등산화는커녕 일반 운동화를 신었다. 게다가 등산 스틱도 지니지 않았기에, 하산 시 굉장히 힘겨워했다.

　리부 님이 김밥을 세 줄 준비해왔다. 어서 먹지 않으면 상할까 봐 서둘러 해치우고, 또 냉면을 먹으러 갔다. 멀리 전남까지 내려왔는데, 그냥 상경할 순 없다는 억울한 마음이 들어서였다.

　고창 면옥이라는 음식점에서 물냉면과 비빔냉면, 갈비탕을 주문해 나눠 먹고, 인근 카페에 가서 팥빙수를 먹으며 담소를 나눴다.

중수 님이 안타까운 과거 연애담을 들려주는데, 내가 "했네, 했어!" 라고 추임새를 넣으니, '여자가 아니라, 꼭 내 친구랑 대화하는 것 같다' 고 내게 말했다. 그 말에 그만 너털웃음을 지었다.

중수 님과 리부 님은 체중을 감량해야 한다고 했다. 그들에게 다음에 또 등산을 가자고 제안했다. 우리는 다음을 기약하며 헤어졌다. 열아홉 시, 무사히 귀가했다.

80좌
산신령들과 함께

안내 산악회와 구미 금오산

이천이십년 삼월 이십사일 화요일, 처음으로 안내 산악회를 이용했다. 'ㄱ' 산악회는 그동안 승객 모집이 안 돼서, 줄곧 참석하지 못했다. 이번에 열 명 남짓 인원 모집이 되어, 드디어 출발할 수 있었다. 설레는 첫 참석이었다. H 병원 앞에서 일곱 시 오십 분에 버스에 탑승했고, 회비는 이만 오천 원이었다.

안내 산악회에 대해 간략히 설명하겠다. 운영자가 산행지를 공지하고, 불특정 사람들이 해당 산행지를 신청한다. 모집된 사람들끼리 왕복 전세 버스를 타고, 등산 다녀오는 일회성 산악회이다. 이곳은 영리 단체이다.

그동안 친목 산악회에서 활동했으나, 이제 지쳤다. 비영리 단체인데도 불구하고, 금전 문제가 있었기에 오히려 영리 단체가 더 깔끔해 보였다. 회비 내역을 공개하지 않는 불투명한 'ㅁ' 산악회, 고작 오천 원 카풀비에 대해서 불만을 품고 뒤에서 험담하는 'ㅇ' 산악회 등이 대표적인 예이다.

버스에 타니, 화장이 진한 언니가 시선을 확 끌었다. 승객 중 가장 젊어 보였고, 이목구비가 뚜렷했다. 미녀 언니가 내게 나이를 물었는데, 알고 보니 우리는 띠동갑이었다. 그녀는 실제 나이보다 훨씬 젊어 보였다. 언니는 현재 블랙야크 명산 어게인(again)을 진행 중이었는데, 명산 100은 구 개월 만에 완주했다고 했다. 무릎이 아파서 골골대는 나와는 달리, 그녀는 산을 진정 좋아하는 사람이었다.

아침 기온은 아직 쌀쌀했지만, 등산할 때 본 금오산에는 진달래가 활짝 피어있었다. 열 시경부터 능선(선녀탕)을 따라 오르니, 두 시간 남짓 걸렸다.

정상에 닿기 전에 도시락을 먹었다. 주변엔 아무도 없었고 적막했다. 혼자 천천히 걸음을 옮겼다. 딱따구리가 이따금 존재를 알렸다.

정상에 도착하자, 인증석이 두 개였다. 그 사실을 처음엔 몰랐는데, 어느 등산객이 알려줘서 그제야 알았다. 두 곳 모두 촬영했다. 구미 시가지가 모두 내려다보였다. 상쾌한 기분이었다.

벼랑 끝에서는 고등학생으로 짐작되는 남학생들이 장난을 치며, 사진을 찍고 있었다. 남자 친구와 온 듯 보이는 단발머리 여학생도 잠시 왔다 자리를 떴다. 하산할 때도 유독 십 대 남학생들이 많이 보였다.

'금오산은 구미 시민들에게 특히 사랑받는 명산인가 봐!'

하산은 약사암에서 오형 돌탑, 할딱 고개, 명금 폭포, 대혜문, 금오지 주차장으로 했다. 할딱 고개에서 잠시 쉬는데, 비스듬히 놓았던 등산 스틱이 갑자기 스르륵 미끄러져 낭떠러지로 떨어졌다. 겁이 났지만, 용기를 내서 등산 스틱을 주웠다. 그 과정에서 옆에 있던 오십 대 남성이 위험하다고 계속 소리를 쳤다.

"제가 주워 드릴게요!"

"아니에요. 제가 주인이니까, 직접 찾아올게요."

그분의 도움을 받아, 무사히 스틱을 되찾아 왔다.

"고맙습니다! 제 은인이시네요."

겉으론 웃으며 태연히 말했으나, 다리는 후들후들 떨고 있었다. 잊을 수 없는 경험이었다.

하산을 마치고 금오지 둘레를 걸었다. 벚꽃이 황홀하게 만개해 있었고, 꿀벌들이 열심히 일하고 있었다. 구미 출신의 가수 황치열을 기념하는 팻말도 눈에 띄었다.

뒤풀이로 돼지고기가 듬뿍 든 김치찌개와 두부, 막걸리를 먹었다. 꿀맛이었다. 귀가하니, 열일곱 시였다.

진안 운장산에서 우연히

이천이십년 삼월 이십구일 일요일, 여덟 시에 T와 진안 운장산 내처사동 주차장에서 만나 운장대까지 등산을 시작했다. 그의 부모님께서 등산을 좋아하셔서, 그 역시 산과 친한 모양이었다. 과연 그는 등산도 잘했다.

우리는 이날 초면이었지만, 그간 연락을 꽤 오랫동안 해서 그럭저럭 대화는 잘 이어나갈 수 있었다. T는 키가 작고 통통한데, 언뜻 보면 배우 김남길을 좀 닮았다. 내가 이걸 이야기하며, 그에게 체중 감량을 넌지시 권유했다.

그의 가족과 헤어진 여자 친구, 회사 상사들에 대한 사연을 들었다. 그에게는 누나가 두 명이 있고, 조카들도 있었는데, 그녀들의 영향을 받은 그는 결혼을 일찍 하고자 했으나, 생각대로 잘 안 된 모양이었다.

그는 삼 년이나 사귄 애인과 이별한 지 반년이 흘렀다고 했다. 그 이야기를 들으니, 안쓰러웠다. 그렇게 오랜 기간 연애해 본 경험이 없지만, 얼마나 서로가 절실했을지 충분히 가늠이 갔다.

그가 다니는 회사에는 미혼의 오십 대 여자 상사가 있는데, 다섯 자매 중 장녀라고 했다. 여동생 네 명의 뒷바라지를 하느라 정작 본인이 혼기를 놓치고, 일 중독자처럼 생활한다고 한다. 비록 남의 일이지만, 내 가슴이 먹먹했다.

초반에 들머리를 못 찾아서 좀 헤맸지만, T 덕분에 무사히 정상까지 올랐다. 그늘이 드리워진 평지에 자리를 잡고 준비해 온 도시락과 간식을 나눠 먹은 후, 정상석에서 인증 촬영을 했다. 내가 다양한 자세를 취하자, 그의 입꼬리가 올라가는 게 보였다. 그때였다.

"혹시 벨리 댄스 하지 않았어요?"

선글라스를 쓴 노랑 머리칼의 남성이 내게 말을 걸었다. 화들짝 놀랐다.

"네, 어떻게 아세요?"

알고 보니, 내가 아는 언니의 부군이었다. 우리는 잠시 반갑게 담소를 나눴다.

그리고, 하산하는 길에 지인 두 명을 더 만났다. 비록 서로 연락은 전혀 안 하지만, 오랜만에 만나니 굉장히 놀랍고도 신기했다.

주차장에 도착한 후, T와 작별 인사를 나눈 뒤 운전석에 앉아 아는 언니 N에게 안부 전화를 했다.

"언니, 방금 산에서 남편분 만났어요. 엄청 신기했어요!"

"어, 그랬어? 근데, 이제 남편 아니야. 전(前) 남편이야."

"네? 그게 무슨……."

언제나 산에 대한 기억보다 산에서 만난 사람에 관한 사연과 추억을 더욱 생생하게 기억하는 편이다.

운동화 신고 산청 지리산

이천이십년 오월 이십일 수요일, 'ㄱ' 산악회와 함께 산청 지리산 천왕봉을 완주했다.

지난 십이일, 퇴근길에 교통사고를 당했다. 이 차선에서 직진 중이었다. 일 차선에서 정차 중이던 가해자가 이 차선으로 차선 변경을 하며, 내 차량의 좌측 뒷좌석 문, 펜더, 휠, 범퍼를 훼손시켰다.

다음날, 한의원에 입원했다. 칠 일간 병실에 갇혀 무료한 나날들을 보냈고, 고통을 견디며 물리치료와 약물치료를 병행했다.

병실에서 이십 대 초반 여자 두 명과 함께 생활했는데, 그녀들은 진료도 잘 안 받고 자꾸 무단 외출을 했다. 의아했다.

'아니, 몸이 안 아픈 모양인데 입원을 왜 했담?'

하지만 그건 내가 상관할 바가 아니기에, 잠자코 있었다.

그런데, 문제가 생겼다. 새벽에 알람이 계속 울렸다. 창가 쪽 침대를 쓰는 N의 것이었다. 그 소리에 잠에서 깨고 말았다. 화장실에 가서 소변을 본 후, 돌아와 다시 잠을 청했으나 정신이 말짱했다. 이윽고, 알람이 또 울렸다.

하지만, 소음공해의 주범은 한밤중이었다. 처음엔 그냥 꾹 참았다. 그러나 알람이 두 번, 세 번 반복되자 급기야 폭발하고 말았다.

"당장 일어나요! 알람을 맞춰놓고, 왜 안 꺼요?"

드리워진 커튼을 젖히고 소리를 빽 질렀다. 하지만, 상대는 뻔뻔했다. 여전히 드러누운 채, 자신은 잘못이 없다는 투로 대답했다.

"제가 원래, 출근하던 사람이어서요."

이게 무슨 뚱딴지같은 소리인가?

"오늘 출근해요?"

N에게 물었다.

"아니요."

그녀가 답했다.

"그럼, 왜 알람을 맞춰놔요?"

"⋯⋯."

그날 오후, 원장님은 두 여자에게 퇴원할 것을 권유했다. 그들은 지시에 따랐다. 덕분에 홀가분한 마음으로 삼 인실을 독실처럼 쓸 수 있었다. 지금도 N의 실명을 뚜렷이 기억한다.

영양가 있는 식사를 하고, 침대에만 누워 있으며, 지인들이 문병을 와서 케이크, 빵, 음료, 사탕 등을 놓고 갔다. 뱃살이 눈덩이처럼 불어났다. 소화가 안 되고, 방귀가 자꾸 나왔다. 이대론 안 되겠다, 싶었다. 그래서, 해가 진 후에 일부러 멀리 산책을 다녀왔다.

어느 정도 차도가 보이자 십구일에 퇴원했다. 그리고, 다음날 바로 지리산으로 떠났다. 일곱 시 출발인데, 탑승하기 전에 'ㄱ'산악회의 버스가 출발해버렸다.

정확히 일곱 시에 도착했으나, 버스가 움직이는 것을 보고 당황했다. 회장님께 전화를 걸었다.

"저 도착했어요, 가지 마세요!"

"뛰어오세요!"

자가용 화물칸에 든 짐을 서둘러 낚아챈 뒤, 냅다 달렸다. 가쁜 숨을 몰아쉬며 버스에 탔고, 내 자리는 레이 님 옆좌석이었다.

"어? 또 같이 앉네요."

지난번 청도 운문산 갔을 때도 레이 님과 짝꿍이었는데, 반가웠다.

등산화를 미처 챙기지 못한 채 버스를 탔다는 사실을 깨달은 건, 지리산에 거의 당도했을 무렵이었다. 너무 늦게 깨달았다. 내가 신고 있던 신발은 슬리퍼였다.

내가 등산화를 안 가져왔다고 하자, 레이 님이 퍼프 님에게 말했고, 그녀는 미손 님에게 부탁해 내게 운동화를 빌려줬다. 미끄러질 뻔한 적은 있으나, 다행히 운동화를 신고 무사히 완주했다.

셔틀버스를 타고 가다가 내려 하이 님과 함께 중산리에서부터 등산을 시작했다. 법계사를 지나 천왕봉까지 약 세 시간이 소요됐다. 그녀는 지난 십일에 블랙야크 명산 100을 완주했다고 말했고, 국내 산중에 지리산을 가장 좋아한다고 했다. 또, 엘리지 꽃을 바람둥이 꽃이라고 표현했는데, 어느 시에서 읽은 거라고 내게 귀띔했다.

"꽃잎이 활짝 위로 젖히는 모습이 마치 여자의 치맛자락이 올라간 모습 같다고 해서. 바람둥이 꽃이라고 생각했나 봐요."
그녀는 사진 촬영하는 것을 참 좋아했으나, 애석하게도 지리산의 철쭉은 아직 필 기미도 보이지 않았다. 씁쓸했다.

가다 보니 중년의 남자 셋, 여자 셋 총 여섯 명이 앉아 있었다. 내게 초콜릿을 주길래, 고맙다고 인사하며 받아먹었다.

"몇 살이에요?"
그중 어느 남자가 내게 물었다.

"먹을 만큼 먹었어요."

"오십 살은 안 됐죠?"
기가 막혀서, 다음과 같이 대답했다.

"아직 백 살 안 됐어요."

정상에 도착하자, 여자들이 모여 제사를 지내고 있었다.

"무슨 제사를 지내는 거예요?"
호기심에 질문했으나, 물음에 대답하는 이는 아무도 없었다.

우리는 잠시 앉아 점심을 먹었다. 하이 님이 건네준 수박과 빵을 먹었다. 하산은 장터목과 세석산장을 지나 거림으로 했으며, 약 네 시간 삼십 분이나 걸렸다. 세석평전에서 거림까지 너무 고행이었다. 등산화를 신지 못한 탓에 발이 너무 아프고 피로했다.

마리 님과 잠시 마주쳤으나, 하이 님과 함께 쏜살같이 사라져 버렸다. 허탈한 심정으로 터덜터덜 혼자 걸었다. 그런데, 내 뒤에서 누군가 내게 말을 걸었다. 빨간 옷을 입은 남자였다. 알고 보니, 산악회장님이었다.

"아니, 여긴 어쩐 일이세요?"

"버려진 것 같아서, 내가 구해주려고 왔어요. 왜 혼자 가요?"

"아, 다른 분들은 먼저 내려간다고 해서 그러시라고 했어요. 전 괜찮아요."

한참 후에야 안 사실이지만, 그는 구출하러 온 게 아니라 식물을 채집하기 위해서 장터목에서 올라온 것이었다. 그는 내게 풀을 건네며 후회하지 않을 거라면서 맛을 보라고 했으나, 채식보다 육식을 선호하는 터라 별로 내키지 않았다.

"뱉으면 안 돼요?"

몇 번 씹다가 울상을 하고, 풀을 버렸다. 씀바귀도 마찬가지였다.

"향기라도 맡아 봐요."

그에게서 받은 씀바귀에 코를 가까이 대는 시늉을 했다. 꽃은 좋아하지만, 약초에는 아직 별 흥미가 없다. 씀바귀를 그냥 바닥에 버렸는데, 회장님은 그게 아까웠는지 다시 주웠다.

하산 후 주차장까지 또 거리가 꽤 됐다. 집결 시간 열다섯 시 삼십 분보다 무려 삼십 분이나 지각했으나, 다른 회원들이 내게 고생했다며 박수갈채를 보냈다.

레이 님은 내가 기특해 보였는지 연신 웃었고, 종호 님도 내게 미소 지으며 고생했다고 말했다. 그는 막걸리에 취했는지, 눈과 안색이 붉었다. 그는 다른 회원들로부터 얻은 간식들을 내게 열심히 날랐다. 따뜻한 마음씨가 참 고마웠다.

옆자리에 앉은 레이 님이 그 모습을 보고, 농담을 한마디 했다.

"지각도 할 만 하고만. 내가 늦어도 이렇게 대접해 주려나?"

그 말을 듣고 싱긋 웃으며, 맞받아쳤다.

"그럴 리가요! 레이 님이 지각하면, 버스는 그냥 떠나버릴걸요?"

작년 오월에 지리산 바래봉을 갔을 때, 어떤 언니가 등산화를 안 신어서 호되게 고생한 적이 있었다. 그때 일이 떠올랐다. 이번 지리산 천왕봉도 추억이 깃든 산행으로 내내 회자될 것이다.

한계를 뛰어넘은 한계령

이천이십년 유월 삼일 수요일, 'ㄱ' 산악회에서 간다고 해서, 엉겹결에 따라나섰다.

'이래 봬도 지난달에 지리산 천왕봉을 완주한 몸인데, 설마 설악산을 못 가겠어?'

그래도 내심 걱정은 됐다.

그냥 오색에서 대청봉까지 등산했다가 원점 회귀하는 게 어떻겠냐고 레이 님이 조언을 했다. 그러나, 블랙야크 백두대간 오십삼 구간을 인증하려면 반드시 한계령 삼거리와 끝청봉을 지나야만 했다. 먼 길을 달려왔는데 시도도 안 해보고 포기하는 건, 내 성미에 맞지 않았다.

금상 님도 조바심을 내며, 레이 님의 말을 따르는 게 어떻겠냐고 내게 물었다. 하지만, 그들은 모두 나와 등산을 해본 적이 없는 사람들이었다.

인삼 님에게 물었다.

"어느 길로 갈 거예요?"

"일정대로 가려고요."

그는 두려운 기색이 전혀 없어 보였다.

"한계령에서 시작하고 싶은데, 많이 힘들까요?"

"아뇨, 충분할 것 같은데요?"

우리는 지난번 연인산, 명지산을 등산할 때 잠깐 만난 적이 있는 사이였다. 빠른 판단을 내렸다. 큰 부담을 안고도, 예정대로 한계령에서 등산을 시작했다. 의외로 무모한 편이다.

열 시 사십 분부터 등산을 시작했다. 등산로는 들머리 한계령, 끝청, 중청, 대청봉으로 약 네 시간 걸렸다. 맛도령 님이 선두였다. 그는 내게 끝청봉이 백두대간 인증지라는 정보를 알려주고, 재빨리 사라졌다. 덕분에 끝청봉도 인증할 수 있었다. 백두대간 인증지가 한계령 삼거리 하나인 줄 알았는데, 끝청봉까지 두 개인 건 모르고 있었다.

화장실도 안 들리고, 사진도 안 찍고, 게거품을 문 상태로 열심히 움직였다. 물을 많이 마시면 빨리 지친다고 해서, 일부러 물도 절제하고, 말도 최대한 적게 했다. 쉬고 싶을 때도 많았지만, 꾹 참고 우직하게 걸었다.

지난번 지리산 천왕봉을 등산했을 때는 삼십 분 지각했고, 연인산과 명지산 연계 산행 당시에는 무려 구십 분이나 늦었기에, 이번만큼은 지각하면 안 된다는 강박관념이 있었다. 집결 시간은 열여덟 시였다.

중청 대피소에서 화장실에 들리고, 점심을 먹었다. 메이 님이 빵을 던져주자, 다람쥐가 두 앞발로 빵을 받아들고 오물오물 열심히 먹었다. 그 모습이 귀엽고도 신기했다. 유난히 다람쥐가 흔히 등장했고, 사람을 무서워하지 않았다.

이 작은 짐승은 갑자기 나타나서, 놀라게 했다. 어리둥절하며 쳐다보자, 구멍으로 쏙 들어갔다. 다시 얼굴을 비죽 내밀고, 호기심 있게 나를 쳐다봤다. 사람들을 많이 상대해 봤는지, 간이 큰 모양이었다.

하늘은 맑고 화창했다. 평일이라서 인적은 드물었고, 평화로웠다. 우리의 목적지 대청봉에 도착했을 때는 열다섯 시 삼십 분이었다. 금상 님은 오늘 성적이 양호하다며, 기뻐했다.

하산로는 대청봉에서 오색으로 약 두 시간 삼십 분 소요됐다. 하산 길이 험했다. 바위와 자갈들이 많았고, 길었다. 앞서가던 메이 님이 몇 번이고 넘어질 뻔했고, 넘어지기도 했다.

졸음이 몰려오고, 피곤했다. 일부러 정신 차리려고, 열심히 떠들었다. 교통사고 당한 이야기, 학교 교수님과의 갈등 등 굳이 내뱉지 않아도 될 말들을 시시콜콜 늘어놨다.

뒤에서 따라오던 인삼 님도 발을 헛디뎌 넘어질 뻔했다. 다행히 나는 넘어질 뻔하지도, 넘어지지도 않았다.

　　계곡물에 무릎과 발을 담갔는데, 수온이 얼음장 같았다. 살을 엘 듯한 고통에 나는 소리를 고래고래 질렀다.

　　"추워요!!"

열을 식힌 후, 다시 부지런히 발걸음을 옮겼다.

　　산악회 전세 버스가 주차된 곳까지는 약 십 분간 더 걸어야 했다. 메이 님이 말했다.

　　"우리 택시 타요!"

　　"택시가 과연 있을까요?"

걱정스럽게 물었다.

　　"있을 거예요."

하산하니 열일곱 시 오십칠 분이었다.

　　"수고하셨어요."

국립공원 직원들이 한 마디 건넸다.

　　"수고하셨어요!"

그들에게 웃는 낯으로 똑같이 대답했다.

　　마침, 택시 한 대가 눈앞에 있었고, 우리는 서둘러 택시에 몸을 실었다.

　　"대형 버스 전용 주차장으로 가주세요."

메이 님이 말했다.

　　"마스크 써주세요. 요금은 오천 원입니다."

택시 기사가 안내했다.

　　주차장에 도착하니, 시계는 열일곱 시 오십구 분을 가리켰다.

　　"잔돈은 가지세요."

메이 님이 지갑에서 일만 원을 꺼냈다.

　　"고맙습니다."

차에서 내려 산악회원들에게 소리쳤다.

"우리 안 늦었어요!"

뒤풀이 회식이 거의 끝나갈 무렵이었다. 자리에 앉아 허겁지겁 김밥, 김치찌개, 막걸리를 입에 털어 넣었다.

"힘들어서 그런지, 음식이 안 넘어가네요."

인삼 님이 말했다.

"그래요? 안 먹을 거면, 그 고기 전부 저한테 주세요!"

음식을 입에 쑤셔 넣으며, 그에게 요구했다. 서둘러 배를 채우고, 버스를 타고 설악산을 떠났다. 이십일 시가 넘으니 또 배가 고팠다. 두 칸 뒷자리에 앉은 인삼 님에게 가까이 가서 간식을 얻어먹었다.

"빵이 좀 찌그러졌는데, 괜찮아요?"

그가 조심스럽게 내게 물었다.

"뱃속에 들어가면, 다 똑같아요. 고맙습니다!"

크림빵을 받아 들고, 자리로 돌아가 맛있게 먹었다.

집에 도착하니 이십이 시였다. 목욕을 마친 후 막 침대에 누우려는데, 갑자기 누군가 현관문을 두드렸다. 이십삼 시가 다 되어가는 늦은 시각이었다.

"누구세요?"

오밤중에 누구인가 싶어, 겁이 덜컥 났다.

"경찰입니다."

"네? 경찰이 왜요?"

지난 오월 이십구일 금요일, 열일곱 시 삼십 분경에 편의점 앞 탁자에서 지갑을 하나 주웠다. 신분증과 카드 두 장이 들어 있었다. 주민등록증을 보니, 분실된 지갑의 주인은 하남시 출신의 구십사 년생, 안경을 쓴 남자였다.

편의점에서 아이스크림을 먹으며, 잠시 고민했다.

'편의점에 맡길까? 아니면, 경찰서에 가서 낼까?'

둘 다 귀찮았다. 내 신분을 밝혀야 하고, 상황을 설명하자니 피곤했다. 그래서, 그냥 앞에 보이는 우체통에 넣었다.

'신분증에 주소가 있으니, 우체국에서 알아서 주인을 찾아주겠지.'

그런데, 그게 화근이었다.

편의점에 있는 시시티브이는 내가 지갑을 주워서 이동하는 모습만 찍혀있을 뿐, 우체통에 지갑을 넣는 모습은 없었다고 한다. 형사과 강력 범죄수사팀에서 나왔다는 남녀 경찰들에 의해 절도범으로 몰렸다.

"신분증 주세요."

남자 경찰이 요구했다. 순순히 주민등록증을 건넸다. 그는 자신의 수첩에 내 이름과 연락처, 주민등록번호를 적고 '절도'라고 적었다. 선행했음에도 불구하고, 피의자로 의심받는 상황이었다. 서둘러 내 휴대전화의 녹음 전원을 켜서, 근처에 내려놨다.

"저한테도 신분증 보여주세요."

그러자, 여자 경찰이 자신의 명함을 건넸다. 그들은 D 경찰서 소속이었다.

"늦은 시간에 갑자기 남의 집에 들이닥쳐서, 지금 뭐 하는 거죠?"

그들은 지갑 주인으로부터 신고가 들어와서 현재 조사 중이며, 시시티브이 영상을 참고해 거주지 위치를 파악했다고 했다. 낮에도 집에 방문했으나, 내가 부재중이기에 이 늦은 시간에 다시 온 거라고 했다.

"아까 왔을 때 현관문에 연락처라도 남겼으면, 제가 나중에 확인하고 직접 연락하지 않았을까요?"

내가 되물었다. 그러자, 그랬으면 오히려 내가 불쾌하지 않았을까 싶어 그렇게 안 했다고 그녀가 대답했다.

"아뇨, 직접 찾아오신 게 저는 더 불쾌한데요?"

그들은 내 증언대로 보고서 작성을 하겠다는 말만 남긴 채, 사과 한마디 없이 서둘러 자리를 떴다.

다음 날, 상황을 파악하느라 아침부터 분주했다. 일단 D 우체국에 전화해 보니, 분실 지갑은 유월 이일 화요일에 D 경찰서에 넘겼다고 했다. 그런데, 담당자가 팔일 월요일에 출근한다고 했다. 그때까지 기다리는 수밖에 없었다. 지갑이 주인에게 잘 전달되는 지까지 내가 알아야만, 확실히 피의자에서 벗어날 수 있을 거라고 생각했다.

지인들에게 이 사실을 알리자, 이런 조언을 들었다.

"앞으로 분실 지갑을 발견하면, 절대 그 자리에서 이동하지 말고 일일이에 전화해서 경찰을 부르세요. 경찰이 출동하면, 지갑을 넘겨주세요. 그럼 굳이 경찰서를 방문할 필요도 없고, 절도범으로 오해받는 일도 없을 테니까요."

어제 만난 남자 경찰에게 전화해서 이치를 따졌다.

"왜 경찰은 이런 조언을 해주지 않죠?"

그러자, 그의 말이 더 가관이었다.

"화가 난 상대에게 어떻게 조언합니까?"

어이가 없었다.

'어휴, 저걸 핑계라고.'

결국, 청문감사관에게 민원을 넣었다. 그러자, 강력범죄 수사팀장으로부터 연락이 왔다. 그는 부하 직원들의 무례한 행동에 대해 대신 사과를 했고, 사건은 일단락됐다. 선행이고 뭐고, 앞으론 불의를 보면 그냥 모른 척해야겠다.

90좌
나를 찾아 떠나는 명산

반짝반짝 첫 인증

칠팔월에는 너무 더워서, 등산을 쉴 생각이었다. 그런데, 갑자기 포항에 갈 일이 생겼고, 가는 김에 등산도 하기로 마음먹었다. 돈과 시간을 들여 멀리 떠나니, 어렵게 내린 결정이었다.

포항 여행 첫째 날에 포항 12경 중 칠경인 경북수목원과 기청산 식물원을 둘러보고, 어느 찜질방에서 하루 묵었다. 공교롭게도, 좌측의 한 아저씨가 코를 너무 심하게 고는 바람에 그만 잠이 확 달아났다. 아무리 건드리고 소리 내어 불러보아도, 그는 깊게 잠들어서 요지부동이었다.

시계를 보니 네 시경, 기상하기엔 아직 이르다. 하지만 잠을 못 잘 것 같아 휴대전화 전원을 켰다. 그때, 포항 거주자 F가 내게 온라인상에서 말을 걸었다. 내가 포항 내연산 삼지봉 등산을 갈 예정이라고 말했더니, 본인도 동행하겠다고 했다. 그는 등산을 좋아하는 모양이었다.

다섯 시 삼십 분, 포항역에 도착해 렌터카를 반납했다. 서서히 동이 트고 있었고, 하늘이 화창했다. 기분도 맑았다. F는 곧 도착했고, 그의 차를 타고 함께 내연산으로 향했다.

예기치 못한 갑작스러운 만남이었다. 그는 김밥 두 줄과 시원한 얼음물, 그리고 방울토마토를 준비해왔다.

F는 체육교육 전공자이며, 현재 고등학교에서 학생들 농구 지도를 하고 있다. 키도 크고 몸집도 건장해서, 다부져 보인다. 게다가 술, 담배도 안 한다. 거기까지는 꽤 좋은 조건이었다.

그런데, 그는 예전 여자 친구 이야기를 꺼내며 이상한 질문을 했다.

"남자 좋아해요?"

가슴이 철렁했다. 처신을 잘해야겠다는 생각이 들었다.

한참 산을 오르는데, 그가 나보고 앞장서라고 했다.

"아뇨, 뒤에서 따라가는 게 편해요."

"뒤처지는 사람이 앞에 서는 게 맞는 거예요."

별수 없이, 그의 말을 따랐다.

F는 현재 정교사가 아닌 계약직 강사인데, 학교에서 다섯 살 연하의 여교사에게 호감을 느꼈단다. 그들은 서로 연애 감정이 있는 걸 느꼈지만, 자신이 강사 신분이라서 일부러 그녀에게 다가가지 않았다고도 했다.

그녀는 오는 구월에 돈 많은 남자와 결혼할 예정이라고 했다. 그는 자신이 경제적으로 넉넉하지 않아서, 비혼주의자라고 설명했다.

'안타까운 현실이군!'

푹푹 찌는 무더위를 피해 사람들이 계곡에 옹기종기 모여 앉아 점심을 먹는 모습을 보니, 구걸이라도 하고 싶은 심정이 들었다.

등산화와 양말을 벗고, 물가에 앉아 발을 담가 잠시 열을 식혔다. 보호대를 착용한 우측 다리에 붉은 반점들이 심하게 올라온 것을 보고, 무척 놀랐다.

처음에는 땀띠인 줄 알았는데, 귀가한 후 다음날 피부과에 가서 진료를 받으니 알레르기 판정을 받았다. 이미 중이염을 앓고 있는데 피부병까지 겹치다니, 그 어떤 여름보다 올해 여름은 굉장히 힘들었다.

하산 후, 땀에 찌들어 전신에서 쉰내가 푹푹 풍겼다. F는 자신의 집에 가서 씻고, 쉬었다 가라고 내게 권했다. 순간 솔깃했지만, 그의 얄팍한 의도를 알아챘다. 여독 핑계를 대며 손사래 치고, 도망치듯 부리나케 그에게서 멀어졌다.

빛나는 첫 인증을 함께 한 고마운 동행이지만, 초면에 이성을 집으로 초대하는 건 지나치게 선을 넘는 경우가 아닐까.

경북 팔경 중 하나로 꼽히는 내연산은 약 십사 킬로미터에 이르는 계곡을 따라 다양한 형태를 가진 열두 개의 폭포가 발달하는 곳으로, 하나의 계곡에 이처럼 여러 개의 폭포가 발달하는 경우는 드물다.

특히 무풍, 관음, 연산폭포(제5~7 폭포)는 기암절벽이 병풍처럼 둘러선 곳에 웅장하게 발달하고 있으며, 겸재 정선이 그린 '내연산 용추도'의 배경이 되었다.

내연산의 바위는 모두 화산재가 굳은 암석으로 이루어져 있는데, 이곳의 다양한 폭포들은 이러한 암석에 발달한 틈의 영향을 받아 형성되었다.41)

---

41) 보경사 입구의 안내문.

휴가지에서 생긴 일

이천십팔년 팔월 일일 수요일, 삼척에서 맞는 둘째 날이다. 어제 혼자 피서를 왔다. 동행이 없다는 점은 서글프지만, 자유롭다.

원래 계획은 해발 사백 미터에 위치한 대금굴에서 덕항산 정상까지 등산하는 것이었다. 그런데, 관광하다 보니 해발 오백 미터의 환선굴에서 등산을 시작하게 됐다. 등산로도 역시 달라졌다.

덕항산 정상에는 비석이 없고, 이정표만 있다고 들었다.

'덕항산이 인기 없는 산이라서, 정상석조차 없는 건가?' 하는 의심이 들었다.

직접 등산을 해보니, 삼척 시청은 덕항산 관리에 너무 소홀했다. 이정표를 찾지 못해서, 한참 길을 헤맸다. 무더위 탓에 등산객은 한 명도 보이지 않아 길을 물어볼 사람조차 없었다.

그나마 다행인 건, 표식이었다. 과거에 왔다 간 산악인들이 고맙게도 곳곳에 흔적을 남겨서, 그나마 그걸 보고 따라갔기에 무사히 살아 돌아올 수 있었다.

시간이 흐른 뒤, 인터넷으로 덕항산에 대해 검색했다. 과거에 이 년간 등산로 재정비를 하느라 덕항산 출입을 폐쇄한 기록을 볼 수 있었다. 하지만, 내가 볼 땐 여전히 정비가 미비하고, 등산 초보자가 방문하기엔 위험한 것 같다. 틀어진 철골 다리를 보니, 건너가기가 겁이 덜컥 났고, 험준한 산세를 보고 아찔했던 기억이 지금도 생생하다.

대금굴에서 등산을 시작했더라면, 아마 왕복 다섯 시간이면 끝났을 여정이었다. 하지만, 환선굴에서 올랐기 때문에 등산하는 데만 편도 네 시간이 걸렸다.

환선굴에서 열세 시부터 출발해서, 덕항산 정상에 열일곱 시에 도착했다. 외출을 삼가라는 폭염주의보 안내 문자가 경고를 알렸으나, 산속은 비교적 선선했다.

가는 도중 야생화를 만났는데, 난생처음 보는 꽃이었다. 주황색과 흰색이 섞인 꽃인데, 물어볼 사람조차 없어서 아쉬웠다. 나중에 알아보니, 동자꽃이라고 했다. 이후에도 다른 산에서 종종 마주쳤고, 덕항산을 연상케 했다.

귀찮게 끝도 없이 쫓아오는 곤충들과 드문드문 보이는 꽃들과 뱀, 그리고 개구리 등이 반겼다. 주변은 서서히 어두워지기 시작했고, 등산 스틱 한 쌍 중 한 개는 고장이 나버렸다. 짐을 줄이기 위해 스틱 하나를 과감히 내던졌다.

정상에 오르니, 덕항산을 설명한 팻말을 볼 수 있었다. 글씨를 알아보지 못할 정도로 훼손되어 있었다.

'아무래도, 삼척 시청에 관리 좀 하라고 건의해야겠다!'

하산이라는 반가운 팻말이 보였다. 대금굴로 하산할 생각이었으니, 쉼터로 돌아가야 맞는 것이었다. 그런데, 하산이라는 글씨를 보고 아무런 의심도 없이 구부시령으로 하산하고야 말았다.

예수원 근처의 맨홀 뚜껑에서 태백시라는 글씨를 보고, 비로소 삼척이 아닌 태백으로 와버렸다는 걸 뒤늦게 알았다.

구부시령에는 전설이 전해진다. 옛날 고개 동쪽 한내리 땅에 기구한 팔자를 타고난 여인이 살았는데, 서방만 얻으면 죽고 또 죽고 죽어 무려 아홉 서방을 모셨다고 한다.[42]

외로운 여인의 비극을 떠올리며, 혹시 그녀는 구미호가 아니었을까 하고 마음껏 상상의 나래를 펼쳤다.

다시 종전의 하산 이야기로 돌아간다. 하산할 때는 두 시간이 걸렸고, 길이 평이해서 비교적 수월했다. 예수원에서 주차된 다수

---

[42] 덕항산 구부시령 팻말의 설명글.

의 차량을 발견했으나, 내가 아무리 큰 소리로 도움을 요청해도 인기척이 없었다.

예수원을 지나 더 내려오니, 농가가 한 채 보였다.

"계세요?!"

큰소리로 외치자, 육십 대로 보이는 아주머니가 나오셨다. 사정을 말씀드리니, 여기서 택시를 타면 요금이 굉장히 많이 나올 거라고 하셨다. 검색해 보니, 렌터카를 주차한 삼척 대이리까지 약 오십 분 거리였다.

자포자기의 심정으로 새벽에 온라인으로 잠시 연락했던 강원도 민에게 전화해 도움을 요청했다. 그는 강릉 거주자인데, 본가는 삼척이지만 덕항산을 등산해 본 적이 없다고 했다.

그는 고맙게도 난생처음 본 여자를 데리러 태백까지 와주었다. 그가 운전하는 차를 타고 삼척 대이리로 돌아가 렌터카를 되찾고, 이십이 시에 삼척에 도착해 렌터카를 무사히 반납할 수 있었다.

이십이 시 삼십 분, 감사의 표시로 그에게 보쌈을 대접했다.

한 시간 후, 게스트하우스에 입실했다. 오늘 겪은 모험담을 누군가에게 공유하고 싶었으나, 사 인실 방에 손님은 오직 나뿐이었다. 근육통 탓에 전신이 욱신거려서, 쉽사리 잠들 수 없었다.

삼척의 밤은 과연 강원도답게 서늘했다. 한여름에 에어컨을 틀지 않고도 잠을 잘 수 있다는 점이 제법 놀랍고, 신기했다.

왕복 칠백오십 킬로미터

이천이십년 이월, 코로나바이러스 감염증으로 인해 전 세계는 대혼란에 빠졌다. 대 확산을 막기 위한 방침으로 외출을 자제하며, 외출 시 마스크를 착용하고, 사회적 거리 두기 등 우리 생활은 이전과는 많이 달라졌다.

당시, 재직 중인 회사에서 강제 휴업 지시를 받게 됐다. 막상 집에만 있자니, 갑갑한 노릇이었다. 섣불리 외출할 수도 없었고, 누군가 만나자니 그것 또한 조심스러웠다.

'이럴 땐, 뭘 하지?'

순간, 뇌리가 번득였다.

'등산! 등산하러 가면 되잖아?'

야외 활동은 실내보다 비교적 코로나바이러스 감염률이 낮고, 등산은 혼자서도 충분하다. 아니, 가능하다고 생각했다.

이천이십년 이월 이십일일 금요일, 여섯 시 삼십 분에 집에서 씩씩하게 출발했다. 그리고, 이튿날 한 시 삼십 분에 녹초가 되어 귀가했다.

목적지는 전라남도에 위치한 세 곳 장흥 천관산, 해남 덕룡산과 두륜산이었다. 내가 사는 지역에서 왕복 칠백오십 킬로미터나 되는 곳이다. 그렇게 먼 곳을 그것도 혼자 가다니, 위험하고도 가슴 떨리는 도전이었다. 그래서, 가는 내내 후회했다.

'집에만 갇혀 있으려니, 답답해서 내가 미쳤나 봐. 운전하는 게 지루해서 미치겠네!'

대화 상대가 없으니 외롭고, 심심했다. 하지만, 감정과는 무관하게 하늘은 맑았다. 햇살도 따사로웠다. 절기상 우수를 지나, 봄의 기운이 조금씩 풍기는 시기였다.

첫 번째 목적지 장흥 천관산은 가을에 억새로 유명하다고 들었는데, 가장 짧은 등산로를 선택했다. 정상에 다다르니, 꿩 한 마리가 보였다. 짐승은 혼자 유유자적 노닐다가, 인기척이 들려 황급히 수풀로 숨었다. 놀라 달아나는 모습이 신기하고도 반가웠다.

아무도 없는 정상석에서 다양한 자세를 취하고, 요리조리 표정도 지었다. 하지만, 쓸쓸했다. 서둘러 하산했다. 가는 도중 만난 어느 부부는 강원도에서 왔다고 했다.

"와, 저보다 훨씬 멀리서 오셨네요!"

"네, 당일치기는 힘들어서 하루 묵었어요."

그들도 역시 블랙야크 명산 인증 도전자였다.

'어휴, 그놈의 인증이 뭔지⋯⋯.'

코로나 시국에도 도전은 계속되는 걸 보면, 인증의 힘은 대단하다.

해남 덕룡산에 다다랐을 무렵, 열여섯 시를 훌쩍 지났다. 공사장에서 소음이 끊임없이 들렸다. 동봉으로 향하는 도중, 길을 잘못 들어 잠시 헤맸다. 평일이라서 그러지, 등산객은 보이지 않았다.

'에라, 모르겠다!'

벌러덩 주저앉아 간식을 먹었다. 잠시 숨을 돌린 후, 왔던 길을 되돌아갔다. 곧 정상에 닿았고, 부슬비가 내렸다.

'어? 비가 내리면, 어쩌지?'

아직 마지막 산을 인증하지 못했기 때문에, 잠시 망설였다.

'오늘 그냥 집에 돌아가면, 다음에 여길 다시 와야 하잖아!'

결론은, 직진이었다.

하산 후, 무거운 등산화를 벗고 가벼운 슬리퍼로 갈아 신었다. 잠시라도 발의 피로를 덜기 위한 최선책이었다. 같은 지역이지만, 거리가 꽤 멀었다. 조마조마한 심정으로 액셀러레이터를 밟았다. 해남 두륜산 가련봉이 이번 산행의 마지막 인증지였다.

들머리에 도착했을 때까지만 해도 비는 조금씩 흩뿌리는 정도였으나, 너덜 지대에 다다르자 빗줄기는 차츰 거세졌다. 황망히 시선을 옮겼다. 되돌아가기엔 너무 멀리 와버렸다. 주변을 둘러봐도 보이는 건 빼곡히 늘어선 회색 바위들뿐이었다. 이제, 해는 완전히 저물었다.

시야가 보이지 않자, 잔뜩 겁이 났다. 하지만, 곧 마음을 단단히 먹었다.

'천천히, 조심해서 가면 괜찮아. 정신 바짝 차리자!'
한 걸음 한 걸음 신중히 내딛는 모습은 마치 가련봉의 이름과도 같았다. 누가 봐도 가엾고, 불쌍했다. 여기까지 의지할 사람 하나 없이 혼자 온 것도 서럽고, 비에 젖은 꼴이 안타깝고, 게다가 미끄러져 넘어지기까지 했다. 그 난리에 장갑 한 짝을 분실했다. 이 초라한 몰골을 들킨 구경꾼이 없어서, 천만다행이었다.

정상석에서 인증 사진을 촬영한 후, 하산하는데 고객으로부터 전화가 왔다. 부름에 응답할 수 없었다. 거친 비바람이 휘몰아쳤기에 통화를 할 수 없는 상황이었다. 다행히 고객은 문자를 남겼다.

"코로나 때문에 당분간 상황을 지켜보려고요."
망할 코로나가 생업에 타격을 입히는 와중에, 생존을 위해 고군분투 중이었다.

'내가 여길 빠져나가면, 세상에 나가서 못 이룰 일이 없을 것만 같아!'
그때 진심으로 굳힌 내 마음가짐이다.

칠흑같이 깜깜한 밤이었다. 휴대전화 손전등에 의지하며 나아가는데, 배터리가 곧 꺼질 것 같았다. 집에 돌아가려면 이 기계로 내비게이션을 작동해야 했기에, 그마저도 아껴야만 했다.

해가 진 뒤에 머무른 산에는 낮에는 보지 못한 산의 다른 모습이 있었다. 졸졸졸 개울이 흐르고, 흰 구름이 지나고, 흐릿한 달이 빛나는 모습은 낭만적이었다. 그러나, 산 짐승들의 바스락거리는 발걸음 소리에 불안해졌고, 자꾸만 보이는 무덤은 귀신이 나올 것만 같았다.

'여기가 설마, 내 무덤인가?'
얼마나 헤맸을까. 결국 길이 아닌 엉뚱한 곳을 개척해 하산했고,

만신창이가 되어 철조망 앞에 섰다. 내 키보다 자그마치 두 배 이상 높은 장벽은 더 이상 장애물이 아니었다.

'이것만 뛰어넘으면, 차에 탈 수 있어. 곧 집에 갈 수 있어!' 등산화를 벗어 반대편으로 던졌다. 두꺼운 등산 양말을 벗고, 맨발로 담에 올라탔다. 물가에서 꾸르륵거리는 개구리 혹은 두꺼비의 울음소리가 마치 응원가처럼 들렸다.

그날 밤, 관객이 없어서 다행인 게 아니었다. 오히려 무용담을 증명해 줄 이가 없다는 게 지금 생각하면 매우 아쉽다. 하루에 산 세 개를 한꺼번에 인증한 것을 자랑하고 싶어서가 아니다. 그런 무모한 짓을 저지른 것은 순전히 홀로였기에 가능한 일이었다. 위험한 모험을 감행하고도, 큰 사고 없이 무사히 돌아왔다는 점에 그저 감사할 따름이다.

등산하면서, 늘 생각한다. 높고 큰 산을 오르는 것은 항상 힘겹다. 포기하고 싶고, 주저앉고 싶을 때도 많다. 하지만, 계속 오르면 언젠가는 정상에 도착한다. 등산하듯이 천천히 노력하고 꾸준히 나아가면, 세상의 모든 일도 마찬가지 아닐까?

유채꽃 명소 서우봉

이천이십일년 사월 칠일 수요일, 일곱 시 십 분 항공을 타고 제주도로 향했다. 마지막으로 제주도를 방문한 게 언제인가 기억을 더듬어보니, 벌써 삼 년 전 여름이었다. 이번 여행은 난생처음 맞는 제주도의 봄이기에, 기대가 컸다.

제주 공항에서 시내버스를 탔다. 예약한 숙소로 이동해 짐을 보관한 후, 함덕 해수욕장에 도착했다. 다래향에서 해물이 푸짐한 짬뽕을 먹고, 포만감을 느끼며 해변을 거닐었다.

지나가다 우연히 본 노란 돌고래가 내 눈길을 사로잡았다. 마치 바나나를 연상케 하는 귀여운 모습이었다. 상호도 바나나였다. 원래 이곳을 갈 계획이 아니었으나, 돌고래의 깜찍함에 이끌려 실내로 들어갔다.

앞서가던 어느 젊은 남자가 일 층 현관문을 열고 지나며 나를 배려해 살짝 문을 잡아줬다. 단정한 정장 차림에 은은한 향수 내음이 매력적으로 느껴졌다. 소소한 것에 잘 반하는 편이다.

승강기를 타고 삼층으로 올랐다. 카페의 내부에는 큰 유리창 너머 탁 트인 바다가 보였다. 곳곳에 원숭이 조각상들이 앉거나, 벽에 타거나 전등을 들고 있는 등 마치 밀림을 떠올리게 했다. 기대하지 않았던 진풍경에 속으로 감탄을 연발했다.

'오길 잘했어!'

테라스에는 돌고래 동상이 두 개 있었고, 남녀노소 할 것 없이 손님들이 사진을 찍으며 좋아했다. 자연스럽게 앉아 사진을 찍었는데, 내 모습을 촬영해 준 어느 손님이 내 자세를 따라 해야겠다며 칭찬했다. 기분이 좋았다.

차림표에는 단호박과 바나나 빙수가 있었다.

"벌써 빙수 개시하셨어요?"

사장님은 가능하다고 했다. 빙수는 아까 먹은 짬뽕보다 훨씬 비쌌지만, 이왕 놀러 온 거 그냥 미련 없이 소비하기로 결정했다.

야외에 자리를 잡았다. 편하게 누울 수 있는 평퍼짐한 쿠션에 몸을 맡기고 봄 햇살과 해풍을 만끽했다. 햇볕은 뜨겁고, 바람은 찬 기운이 있었다.

사장님 혼자 바쁘게 일하느라, 빙수는 금방 나오지 않았다. 그녀가 쟁반을 받친 빙수를 들고 직접 내게 왔는데, 연신 사과를 했다.

"늦어서 죄송해요. 주문이 밀려있어서……."

"아, 괜찮아요!"

아무래도 다 좋았다. 여기는 바로 제주도 아닌가! 제주도에 왔다는 걸 지인들에게 알리니, 너 나 할 것 없이 다들 부러워했다. 대다수가 근무 중일 평일에 이렇게 짬을 내어 여행을 갔다는 사실만으로, 모두의 부러움을 한 몸에 받는 상황이었다. 내 입꼬리는 귓가에 걸려 내려올 줄 몰랐다.

중식을 배불리 먹고 또 후식을 삼키려니 힘에 겨웠지만, 꿋꿋하게 입에 털어 넣었다. 옆에 앉은 손님 한 명이 내게 물었다.

"안 추워요?"

겉옷을 여미며 웃음으로 화답했다.

"춥지만, 낭만을 즐기는 중입니다."

"'얼죽아'랑 같은 맥락이군요."

계절적으로도 관광하기에 적합하다고 판단한 이곳 함덕 해수욕장에서 종일 머물렀다. 과식한 무거운 몸을 이끌고 서둘러 서우봉으로 향했다. 가는 도중 유명한 카페를 발견했으나, 서우봉에 먼저 들린 후 재방문하기로 했다. 영업장에 관광객이 바글바글했는데, 진풍경이었다.

제주도의 사월 명소 중 하나인 서우봉은 올레길 십구 구간이며, 유채꽃과 바다가 장관을 이룬다. 그동안 유채꽃을 여러 번 보았으나, 제주도의 유채꽃은 처음이었다. 혼자 온 여자들이 많았는데, 그들은 삼각대를 이용해 열심히 촬영 중이었다. 그들에게 부탁해 사진을 몇 장 찍었는데, 어떤 이는 수평선조차도 평행을 맞추지 못했다.

'똥 손이네……'

속으로 혀를 끌끌 찼으나, 별수 없었다. 왜냐하면, 촬영을 해준 것만으로도 고마워해야 하는 입장이었으므로.

해변의 바람은 싸늘해서, 두꺼운 겉옷을 입고 벗기를 반복했다. 번거로웠다. 한낮의 봄 햇살은 이글거렸다. 소수의 서퍼들이 보였고, 강습을 받는 모양이었다.

'안 춥나? 수온은 어쩌려나.'

서우봉 유채꽃밭에서 멀지 않은 지점의 상공에서는 관광객들이 패러글라이딩을 즐기고, 그 아래에서는 말들이 한가롭게 풀을 뜯고 있었다. 반가워서 말에게 다가갔으나, 역한 냄새가 코를 찔렀다. 내가 약간의 거리를 두고 앉아 조용히 노래를 부르자, 말은 귀를 쫑긋거리며 내가 가까이 왔다. 네발짐승을 잠시 관찰하다가, 곧 자리를 떴다.

왔던 길을 되돌아가며, 함덕 해수욕장을 지났다. 공원에는 선글라스를 쓴 돌하르방이 햇볕을 쬐며 누워 있었다. 싱긋 미소를 머금었다. 이 조형물의 제목은 '선탠하는 돌하르방'이고, 인근에 돌하르방 미술관이 있다는 안내문이 있었다. 다음 기회에 꼭 가보리라 마음먹었다.

해수욕장에는 관광객들이 많았다. 가족, 친구, 연인들이 행복한 시간을 보내는 중이었다. 어느 외국인 여성은 비키니 차림이었고, 수영을 즐겼다.

'과연 여기가 바로 천국이구나! 평화롭다.'

천천히 걸으며 경치를 바라보았고, 그 아름다운 광경을 오랫동안 눈과 마음속에 담았다.

카페 델문도에서 특별히 구미가 당기는 음료는 없었기에, 빵만 두 개 골랐다. 야외 선베드에 앉아 감자 포카치아와 캐러멜 넛을 먹는데, 내 옆자리에 아주머니 세 분이 앉았다. 정보 공유도 할 겸 말을 걸었더니, 그들 중 한 명이 내게 말했다.

"성격이 좋군요."

그분들은 특별한 계획이 없이 즉흥적으로 여행을 왔다고 했다. 이번 여행을 통해서, 상당히 놀랐다. 계획을 세워서 시간과 돈, 체력을 절약하려는 편인데, 대다수 사람은 계획 짜는 것을 피곤하게 생각한다.

카페를 나와 노상에서 한치 빵을 샀는데, 가격에 비해 실망스러운 구성이었다. 밀가루 반죽에 치즈가 조금 들어 있을 뿐이었다.

'한치 빵인데, 한치가 없군.'

생각해 보면, 붕어빵에도 붕어가 있지는 않다.

게스트하우스에 입실해 짐을 풀고, 취침 준비를 했다. 장발의 여자와 짧은 머리의 여자가 각각 시간 차이를 두고 방에 들어왔다.

장발은 퇴사 후 약 이십 일간 휴식기를 가지려고 제주도에 왔으나, 방광염이 도지는 바람에 한라산에 못 가게 됐다고 했다. 안타까운 일이었다.

짧은 머리는 친구와 함께 우도를 둘러봤다고 했는데, 안색이 붉었다. 남자 친구와 통화 내용을 옆에서 우연히 들었는데, 그녀는 취한 듯 보였다. 또, 술김에 막 반말을 하기도 했다.

"취했어요?"

"안 취했어!"

"남자 친구랑 얼마나 사귀었어요?"

"육 년이요."

그녀는 내년에 결혼을 앞두고 있으나, 친구들이 먼저 결혼하고 출산 후 육아로 고생하는 모습을 보니 결혼에 부정적인 견해만 가득했다.

"애인도 있고, 미래를 약속했다니 부럽네요."

그러자, 그녀는 부인했다.

"저는 오히려 언니가 부러워요!"
무소유를 원하는 욕심 많은 소유자다.

봄비 내린 백록담

일주일 전, 산악회 단체 대화방에서 M이 말했다.

"혹시 평일에 한라산 가실 분 안 계시겠죠?"

망설이지 않고, 바로 응답했다.

"저 가능해요!"

하지만, 우리는 비행기만 함께 탔을 뿐이었다. 관광도 등산도 각자 했다. 그와 만나기 전, 연락하면서 이미 그의 성격을 파악했다. 그는 고집이 센 편이었다. 그는 오직 등산만 할 상대를 원했다.

그래서, 첫째 날 제주도 관광을 각자 했다. 괜찮다고 스스로 다독였으나, 그뿐만이 아니었다.

"둘째 날 저녁에 갑자기 다른 일정이 생겨서, 등산을 여섯 시부터 시작해야겠어요."

우습게도 그는 내게 일방적인 통보를 했다. 우리는 등산마저 함께하지 못했다. 한순간에 낙동강의 오리알 신세가 돼버렸다. 기가 막히고, 코가 막혔다. 어이가 없었으나, 별다른 도리가 없었다. 이런 제멋대로인 사람은 더 두고 볼 필요도 없다고 판단했다. 곧장 그의 연락처를 차단해버렸다.

이천이십일년 사월 팔일 목요일, 아침이 밝았다. 오직 한라산에 가기 위해 바다를 건너온 것이다. 새벽 일찍 일어나 여섯 시부터 게스트하우스 일 층에서 서성였다. 혹시라도 동행을 구할 수 있을까 싶어서였다. 마침, 안경을 쓰고 통통한 남자 한 명이 보였다.

"한라산 등산 가세요?"

내가 먼저 그에게 말을 걸었다.

"네."

"누구랑 어느 코스 가세요?"

"혼자요. 관음사로 등산하고, 성판악으로 하산하려고요."

"아, 그래요? 저랑 같이 가실래요?"

다행히, 바로 동행을 구했다. 천우신조였다.

일곱 시, 우리는 관음사에서 등산을 시작했다. 삼 년 만에 이곳을 다시 찾다니, 정말 인생은 알 수 없는 요지경 속이다. 다시 한 번 강조하지만, 등산을 안 좋아한다. 등산을 좋아하는 게 아니라, 여행을 좋아하는 것이다!

올라가는 도중 이십 대 초반의 군인들이 끊임없이 쏟아져 나오며 인사와 응원을 아끼지 않았다.

"안녕하세요!"

"힘내세요!"

풋풋하고 귀여운 남자들이 한 번씩 눈을 맞추며 지나가는데, 없던 기운도 퐁퐁 샘솟는 기분이 들었다. 연신 웃으며, 그들과 인사를 나눴다. 열심히 화답했다. 기분 좋은 산행이었다.

장장 네 시간 삼십 분 만에 다다른 백록담에는 보란 듯이 물이 담겨 있었다. 정상에는 거의 녹은 눈이 조금 남아 있고, 비록 풀한 포기 없이 흙뿐이었지만, 하늘을 품은 작은 분화구는 푸르렀다. 이 모습을 촬영해 에스엔에스에 공유하자, 제주도민들이 감탄했다.

'운이 좋군요. 백록담에 물 담긴 모습 보기 힘든데!'

정상석에서 인증 사진을 찍기 위해 약 사십 분이나 대기했다. 날짐승들이 계속 주변을 배회하길래, 내가 가진 간식을 던져줬다. 까마귀들은 걸신들린 듯이 몰려와 음식을 해치웠다.

하산은 성판악으로 했다. 딱따구리를 만났는데, 나무를 쪼느라 정신이 없었다. 호기심이 생겨 인터넷을 검색했다.

'딱따구리는 왜 나무를 쪼아댈까?'

그 이유는 세 가지였다. 첫째, 나무속의 곤충을 잡아먹기 위해서. 둘째, 집을 짓기 위해서. 셋째, 짝짓기를 위해서였다. 딱따구리는 생존과 동시에 번식을 위해 나무를 쪼는 것이다. 몰랐던 사실을 접하고, 감탄했다. 딱따구리가 나무를 쪼는 단순한 행위에 이렇게 깊은 뜻이 숨겨져 있다니! 과연, 자연은 알면 알수록 경이롭다.

그뿐만이 아니다. 우리는 사슴도 만났다. 어미 없이 새끼 혼자 나와서 식물을 뜯어 먹고 있었다. 뿔의 길이를 보고 아직 어리다는 것을 짐작하게 했다.

이 깜찍한 생물은 등산객이 지나다니는 걸 개의치 않았는데, 내가 가까이 다가가자 슬그머니 꽁무니를 내뺐다. 그를 놀라게 하거나 도망하게 하려는 게 절대 아니었고, 오직 사진을 촬영하기 위해 다가간 것이었으나, 산짐승이 불편해하자 아쉬웠다. 사슴은 풀을 뜯다 말고, 고개를 들었다. 순진한 눈망울로 내게 더 이상 다가오지 말라는 신호를 보냈다.

하산은 약 세 시간이 소요됐으며, 우리는 대중교통과 게스트하우스 픽업 서비스를 이용해 무사히 숙소로 돌아왔다.

사라봉 해넘이

이천이십일년 사월 팔일 목요일 열여섯 시경, 숙소 지하에서 석식을 먹었다. 녹초가 된 고단한 몸을 이끌고, 또다시 밖으로 나갔다. 제주 12경 중 하나인 사라봉의 낙조를 보기 위함이었다. 편의점에 들러 아이스크림을 하나 사서 천천히 산책했다.

화단에서 주황빛의 둥근 열매를 발견했는데, 귤보다는 크고 한라봉이라고 하기엔 어딘지 수상쩍었다. 뭔진 모르겠으나, 열매마저도 반가웠다.

'귀여워!'

여행지에서 발견하는 모든 것은 작은 것이라도 내게 큰 즐거움으로 다가온다.

비록 한라산을 등반한 탓에 몸이 천근만근이었으나, 인근 관광지를 둘러볼 기회를 놓칠 수는 없기에 무리를 했다. 해는 매일 뜨고, 지지만 사라봉에서 만난 일몰은 그 어떤 노을보다 아름다웠고, 감동적이었다.

하늘과 바다가 맞닿아 있고, 비행기가 자주 활공했으며, 함께 경치를 감상하던 사람들은 대다수가 관광객인 듯 보였다. 제주도에서의 마지막 날은 평화롭고, 감미로웠다.

용연야범과 영실기암

지난달, 한라산 백록담을 다녀왔기에 한동안 제주도에 갈 일은 없을 거라 막연히 생각했다. 하지만, 계절의 여왕 오월이 되자 마음이 바뀌었다. 봄바람이 솔솔 불어오니, 내친김에 한라산 영실까지 다녀와야겠다는 생각이 들었다. 또다시 비행기에 혼자 몸을 실었다.

도착해서 게스트하우스에 짐을 보관하고, 올레길을 걸어서 이호테우 해수욕장에 갔다. 제주도 날씨는 이미 완연한 여름이었고, 해풍이 거셌다. 양산이 자꾸 뒤집혔다. 결국, 노출된 피부는 강렬한 봄 햇살에 새빨갛게 그을렸다. 따끔따끔 고통스러웠다.

이천이십일년 오월 이십육일 수요일, 애석하게도 하늘은 잔뜩 찌푸렸다. 오후에 비 소식이 있었다. 일기 예보를 확인하고, 내 기분도 덩달아 흐려졌다.

'날씨가 극과 극이로군. 하루 차이인데 이럴 수가! 비 온다는데, 일정을 변경해야 하나……'
하지만, 제주도에 온 목적이 등산이니 어쩔 수 없는 노릇이었다. 먼저, 숙소에서 가까운 관광지 용두암에 들렀다. 어제 갈 계획이었으나, 올레길을 걸으며 고생한 탓에 못 간 곳이었다.

용연 · 용두암(제주특별자치도 기념물 제 오십칠 호)

용연은 제주시의 중심부를 남북으로 흐르는 한천이 바다와 만나는 자리에 있는 작은 연못이다. 용연이 있는 한천의 하구는 용암이 두껍게 흐르다가 굳은 것이 오랜 세월 동안 침식을 겪으며 깊은 계곡이 되었다. 그래서 그 양쪽 기슭에는 용암이 식으면서 만들어진 주상절리가 잘 발달하였다.

예로부터 용연 주변은 경치가 아름다워 영주(제주도의 옛 이름) 12경의 '용연야범(龍淵夜泛)'으로 유명하다. 용연야범은 여름철 달밤에 용연에서 뱃놀이하는 것을 말한다. 조선 시대 지방 관리와 유배된 사람들도 이곳에서 풍류를 즐겼다고 한다. 가뭄이 들면 이곳에서 기우제를 지내기도 하였다.

용두암은 용연의 서쪽 바닷가에 있는 용암 바위이다. 점성이 높은 용암이 위로 뿜어 올라가면서 만들어진 것이다. 밖으로 드러난 암석이 모두 붉은색의 현무암질로 되어있다. 용암이 굳은 뒤 파도에 깎이면서 그 모양이 용의 머리처럼 만들어졌다. 용두암은 옆에서 보면 용머리의 모습이지만, 위에서 보면 얇은 판을 길게 세워 놓은 모습이다.[43]

'별로 용머리 같진 않은데, 용두암이라니!'
기대한 것에 못 미치는 형상이었다. 바다와 용두암 위로 지나가는 비행기를 보며, 스스로 마음을 위로했다.

'그래, 여긴 제주도야! 오늘은 둘째 날! 즐겁게 여행하고 돌아가자.'

혼자 용두암에서 서성이자, 제주도민으로 짐작되는 행인이 내게 조언해 주었다.

"저쪽으로 더 가면 용연이 있어요. 그것도 보고 가요."
과연, 그의 말대로 이동하니 다리와 연못이 보였다. 선조들이 연못에서 뱃놀이하며, 시 한 수 읊었을 듯한 경치였다.

한라산 등산로 돈내코와 영실 중, 숙소에서 가까운 곳은 돈내코였다. 처음엔 버스를 타려고 했으나, 배차 간격이 길고 상당히 멀어서 과감히 택시를 탔다. 등산만으로도 힘든데, 오고 가는 시간까지 지체하면 안 될 것 같다는 판단이 들어서였다.

---

43) 용두암 안내문.

'육지에서 섬까지 오는 항공료보다, 숙소에서 한라산까지 가는 택시비가 더 들겠군.'

이른 아침, 제주 한라산 돈내코에서 등산을 시작했다. 분명 일기 예보에는 비 소식이 오후부터 있었으나, 오전부터 추적추적 내렸다.

'등산을 일찍 마치고, 하산하면 괜찮겠지! 설마 비를 맞겠어?'
태평하게 생각하고, 우비를 준비하지 않았다. 아뿔싸! 그만 비를 쫄딱 맞게 생겼다. 그때, 어떤 할머님이 가던 길을 되돌아 하산하는 모습을 발견했다.

"어, 왜 안 가세요?"

놀라서 물었더니, 그녀는

"비 오면, 안 가는 게 낫겠어요. 어차피 난 제주도민이니까, 다음에 다시 오면 돼요."
했다.

"혹시, 우비 갖고 계세요?"
지푸라기라도 잡고 싶은 심정으로 용기를 냈다. 다행히 그분은 우비를 갖고 있었다. 내가 가진 식량 일부와 우비를 물물 교환했다.

"아니, 음식 안 줘도 괜찮아요. 그냥 가져요."
그녀는 거절했으나, 한사코 간식을 건넸다.

몇 시간 후, 하산할 때였다. 옥구슬 씨에게 전화가 왔다. 이 일화를 소개하자, 그는 흥미진진한 태도로 반응했다.

"진짜 핵인싸네!"
비 맞고 고생한 탓에 비록 몸은 물먹은 솜처럼 무거웠으나, 그의 칭찬에 기분이 좋았다.

"그래요? 어쩌겠어, 비 오는데 다 맞을 순 없잖아요."

"대단하다. 나는 그렇게 모르는 사람들하고 얘기 잘못하는데, 대단해!"

"낯가림이 없는 편이에요. 처음 보는 사람 앞에서도 노래 부르고, 춤출 수 있어요."

옥구슬 씨는 이렇게 답했다.

"나는 삼십 년을 본 사람 앞에서도 그럴 순 없어요."

"학교 교수님이 내준 과제인데, 남을 웃겨보라고 하시더군요. 수업 시간에 교수님이랑 학생들 앞에서, 노래 부르면서 춤췄거든요? 그랬더니 교수님이, '슈히 선생은 미래에 태어날 자녀 앞에서도 막 노래 부르고, 춤출 수 있겠네' 하고 감탄했어요!"

"핏줄 앞에선 할 수 있겠지. 만약에 출산하면, 애한텐 노래 부르고 춤출 수 있을 것 같아. 아이 앞에선 안 창피할 것 같아요."

"별로 창피하다고 생각하지 않아요. 그냥, 상대를 즐겁게 해준다고 생각하지."

"아, 그래요?"

그는 놀라는 듯했다.

"상대가 나를 보면서 즐거워하는걸, 내가 좋아해요."

"어. 근데, 한라산을 왜 그리 자주 가요?"

그 점이 의문이었나 보다.

"아, 삼 년 전에 청산도 여행 갔다가 한라산 영실의 철쭉이 예쁘다고 추천받았어요. 그런데, 삼 년 동안 갈 기회가 없었어요. 이번에 큰맘 먹고 온 거예요."

"나 원래 등산에 하나도 관심 없었는데, 슈히 씨가 맨날 등산 얘기하니까, 막 관심이 생겨!"

옥구슬 씨에게 미세한 영향력을 미치나 보다. 웃으며 말했다.

"우리나라의 칠십 퍼센트 이상이 산이잖아요. 등산을 가지 않고서는, 여행을 제대로 다녔다고 할 수 없어요."

그는 바로 부정했다.

"또 말도 안 되는 소릴 하고 있어. 그건 본인 생각이고, 산을 대체 왜 가?"

그는 내 요청으로 등산을 한번 갔던 상대인데, 등산은커녕 여행도 별로 선호하지 않는 사람이다. 물론 그걸 알게 된 건, 우리가 알고 지낸 시일이 한참 지난 후였다.

윗세 오름을 지나, 남벽 분기점에 닿았다. 곳곳에 듬성듬성 선홍색 철쭉이 눈에 띄었다.

'날씨만 좋았더라면, 참 좋았을 텐데!'

남벽은 백록담의 남쪽 벽을 가리키며, 윗세 오름과 돈내코로 나뉘는 장소라고 해서 남벽 분기점이란 불린다. 그곳에서 군인 두 명을 만났다. 내가 먼저 말을 걸었다.

"사진 찍어 드릴까요?"

그러자, 그들은 괜찮다며 일축했다. 혼자인 나는 조금 머쓱했으나, 다시 한번 청했다.

"그럼, 저 좀 찍어주실래요? 그리고, 두 분도 제가 찍어 드릴게요!"

그러자, 그들은 곧 승낙했다.

"저기, 혹시 군인이세요? 군복 차림이길래요."

"아, 제대한 지 얼마 안 됐어요. 군대 동기와 추억을 쌓고 싶어서, 군복 입고 등산했습니다."

그들은 부대에 있는 다른 동기들과 영상 통화를 하며 안부 인사를 했다.

'재밌는 청년들이로군.'

영실로 하산했다. 돈내코에서 등산을 시작한 이유는 오직 숙소에서 비교적 가까워서였는데, 하산을 영실로 하면서 뒤늦게 깨달았다. 영실이 돈내코보다 경사가 완만하고, 잘 닦인 계단이 많아서 안전하며, 전체적으로 쉬운 길이라는 것을 말이다. 비 맞으며 오른 돈내코는 가쁜 과정이었다.

영실의 너른 들판에 푸른 초목이 비를 맞아 더욱 싱그러워 보였다. 그걸 바라보는 내 마음도 탁 트였다.

'내가 이걸 보러 먼 길을 왔구나. 과연, 추천할 만하다!

한라산 선작지왓

선작지왓은 한라산 고원 초원지대의 '작은 돌이 서 있는 밭'이라는 의미를 지닌 곳으로 키 작은 관목류가 넓게 분포된 가운데 다양한 식물들이 서식하는 고원 습지로서 생태적 가치가 뛰어난 명승지이다.[44]

빗줄기는 멈출 줄을 몰랐다. 부지런히 발걸음을 옮겼다. 어서 하산해 숙소로 돌아가 몸을 녹이고, 배를 채우고 싶은 마음이 간절했다.

'더 오래 머물지 못해 아쉽군.'

병풍바위

수직의 바위들이 마치 병풍을 펼쳐 놓은 것처럼 둘러 있어 병풍바위라고 부른다. 신들의 거처라고 불리는 영실(靈室) 병풍바위는 한여름에도 구름이 몰려와 몸을 씻고 간다.[45]

영실기암과 오백나한

영실기암은 한라산을 대표하는 곳이며 영주 12경 중 하나로 춘화, 녹음, 단풍, 설경 등 사계절 내내 아름다운 모습과 울창한 수림이 어울려 빼어난 경치를 보여주는 명승지이다. 한라산 정상의 남서쪽 산허리에 깎아지른 듯한 기암괴석들이 하늘로 솟아 있고, 석가여래가 설법하던 영산(靈山)과 흡사하다 하여 이곳을 영실(靈室)이라 일컫는데, 병풍바위와 오백 나한(오백 장군)상이 즐비하게 늘어서 있다.

---

44) 한라산 선작지왓 안내문.
45) 한라산 병풍바위 안내문.

설문대 할망에게 오백 명의 아들이 있었는데, 이들에게 죽을 먹이기 위해 큰 가마솥에 죽을 끓이다가 실수로 설문대 할망이 솥에 빠져 죽었다. 외출 후 돌아온 아들들은 여느 때보다 맛있게 죽을 먹었다.

마지막으로 귀가한 막내가 죽을 뜨다가 뼈다귀를 발견하고, 어머니의 고기를 먹은 형들과 같이 살 수 없다 하여 차귀도에 가서 바위가 되어버렸다.

나머지 사백구십구 명의 형제가 한라산으로 올라가 돌이 되었다는 이야기를 전한다. 그래서 영실기암을 '오백 장군' 또는 '오백 나한'이라 부르게 되었다.46)

'아무리 전설이라지만, 오백 명이나 되는 아들은 끔찍한데? 왜 딸은 단 한 명도 없는 거야?'

하산하자, 비석에 靈室(영실)이라는 한자를 발견했다. 과연, 이름의 뜻대로 신령들이 머무는 신비롭고 아름다운 곳이라는 생각이 들었다.

손님이 방금 하차한 택시가 한 대 대기 중이었고, 잽싸게 올라 탔다. 무사히 숙소로 돌아가 짐을 풀고, 식사하러 나갔다.

46) 한라산 영실기암과 오백 나한 안내문.

100좌

등산 가능한 남자가 이상형

내 남자 친구는 산

이천십팔년 십일월 삼일 토요일, 강산과 산림욕장에서 산책했다. 아홉 시, 이른 시간이라서 인기척은 없었다. 숲속 기온은 서늘했다. 옷을 두껍게 입었는데도 이가 딱딱 맞부딪쳤다. 강산에게 물었다.

"추워?"

"네, 몸이 떨려요."

아무 말 없이 팔짱을 꼈다. 그러자, 그가 외쳤다.

"더 떨려요!"

싱긋 웃었다. 그때, 그는 내게 설렌단다.

'아, 아름다운 이 길이 영원히 끝나지 않았으면…….'

눈 앞에 펼쳐진 색색의 단풍은 황홀했다. 빨강, 주황, 노랑으로 물든 나뭇잎을 보며 천천히 걸었다. 키 크고, 귀엽고, 어리고, 잘생긴 이성과 이렇게 멋진 곳에 함께 있다니! 꿈만 같았다.

대학로에서 떡볶이를 먹고, 노래방을 갔다. 코딱지만 한 방에 둘이 앉아 네 곡씩 열창했다. 그가 노래할 때, 살그머니 허리를 껴안았다. 내가 노래 부를 때, 그도 내 허리에 손을 감았다. 보호받는 기분이 들어 기분이 좋았다.

"아는 언니를 집으로 초대했어. 집밥 만들어서 대접하려고. 장부터 볼 거야."

강산에게 말했더니, 그는 친절하게도 이렇게 제안했다.

"같이 장 보러 가요."

내가 부탁하지도 않았는데, 그는 솔선수범해서 앞장섰다. 식재료를 집어 장바구니에 넣고, 옮겨주었다. 믿음직스러웠고, 고마웠다.

"누나, 사랑해요."

"나도 사랑해!"

습관적으로 대답한 후, 흠칫 놀랐다. 그 누구도 사랑한다는 말을 이렇게 빨리하지는 않는데 말이다. 살짝 불안한 기분이 들어서, 물었다.

"그런데, 우리 사귀는 거야?"

"응, 우리 사귀어요."

"그래, 그럼 오늘부터 1일!"

요술쟁이 무등산

때는 단풍 지는 늦가을
우리는 무등산을
오르기 위해 만났다.
노란 은행잎이 우수수
내 마음도 우수수.

조수석에 앉아서
재잘재잘 떠드는데
그가 운전하며
이리 말한다.
"넌, 혼자 살아야겠다."

그게 무슨 소리냐고
내가 물었더니
"까다롭단 뜻이야."
초면에 무례하게
시비를 건다.

얼마 못 가고
숨이 차 헉헉댄다.
그는 말없이
지팡이 끝을 들더니
앞에서 끌어준다.

중머리재까지 갔다가
하산하는데

험준한 바위 고개 천지다.
그가 내 허리를 껴안고
조심조심 내디뎠다.

이게 뭐 하는 짓인가
하고 생각하지만
그가 어쩔 심산인지
그저 두고 본다.
무슨 꿍꿍이람?

석식을 먹는데
그의 눈빛이
끈적끈적하다.
배려심이 뚝뚝 묻어난다.
이게 어찌 된 영문이람?

그의 태도는
간절함이 느껴지지만
가볍게 뿌리치고
총총걸음으로 사라진다.
까다로워서.

아마도
가을 무등산이
요술을 부렸나 보다.
이성과 가까워지고 싶다면
등산 추천이요!

미로에서 난로와

이천이십년 구월 이십일 일요일 일곱 시, 난로와 문경 대야산으로 향했다.

"우리 이제, 반말해도 되지 않나?"

그의 안색을 살피며 물었다. 그러나, 그는 반말이 어색하다며 계속 내게 존댓말을 했다. 심지어, 그는 내게 '누나'라는 호칭도 거의 안 한다.

목적지에 도착했다. 가볍게 몸을 푼 후, 등산을 시작했다. 도중에 간식을 먹었는데, 이른 아침이라서 기온이 낮았다. 이럴 줄 전혀 예상하지 못해서, 겉옷을 준비하지 못했다.

"안 추워?"

내가 그에게 묻자, 그는 전혀 안 춥다고 했다. 그에게 손을 뻗자, 그가 내 손을 주물러줬다. 온기가 느껴졌으나, 여전히 내 몸은 떨렸다.

우리가 처음 만난 날, 난로는 자신이 인간 지피에스라고 소개했다. 그런 까닭에 그를 철석같이 믿고, 길잡이를 맡겼다. 그러나, 이 정표에는 대야산이 아니라 둔덕산이라고 쓰여 있었다. 계속 의심이 들었다.

결국, 우리가 길을 잘못 든 것을 한참 후에야 알아차렸다. 허탈했다. 길이 아예 없는 험한 비탈길을 헤매다 지쳐버렸다. 난로는 하산할 것을 권했다. 하지만, 블랙야크 명산 100 인증을 위해 먼 길을 달려왔는데 그럴 수는 없었다. 무식하게 오기로 강행군을 버텼다.

낯선 등산객들과 합류해 한동안 함께 이동했다. 난로가 아버지로부터 빌린 등산화의 밑창이 완전히 분리되어, 더 나아가는 건 무리수였다. 헤어지면서, 이마에 두른 손수건과 목에 걸친 버프를 벗어 그에게 넘겼다.

"이걸로 신발 묶어."

돌발 상황에 처한 그가 과연 무사히 하산할 수 있을까, 내내 불안했다. 하지만, 억지로 그를 정상까지 끌고 함께 갈 수는 없는 노릇이었다. 다른 어르신들이 내게 시간이 촉박하니 서두르라고 조언하셨다. 이를 악물고, 발걸음을 신속히 옮겼다.

혼자 오르는 산은 고되고, 외로웠다. 하산 중이던 어떤 분들이 내게 힘내라고 응원을 해주셨다.

"조금만 오르면 경치가 끝내줘요, 힘내요!"
참 고마웠다.

백두대간 인증지 밀재를 거쳐, 마침내 정상에 닿았다. 비슷한 시간에 난로는 무탈하게 하산했다. 다행이었다. 그는 내게 줄 손수건과 음료를 샀다고 휴대전화 문자로 알렸다. 기특했다.

정상에서 만난 선생님들과 피아골로 하산했다. 바위가 많은 험난한 구간이었다. 용추계곡의 시원한 물에 발을 담그고 다과를 나눠 먹었다.

"제가 먹을 복이 많아서, 굶어 죽지는 않겠네요."

"붙임성이 좋아서, 먹을 복이 많은가 봅니다."
어르신으로부터 이런 칭찬을 들었다. 달이 비친다는 영월대를 지나, 주차장까지 안전히 산행을 마쳤다. 난로는 승용차 조수석에 앉아 애니메이션을 보고 있었다.

"대단하네요."
그가 내게 말했다. 비록 지구력은 약하지만, 정신력으로 힘껏 버티는 편이다.

복귀 도중 식당에서 저녁을 먹고, 해산했다. 그와 함께 한 첫 산행은 긴 모험이었다.

화이트데이엔 등산을

애초에 옥구슬 씨의 연락처를 먼저 묻고, 줄기차게 연락한 이유는 바로 그와 등산을 함께 가기 위해서였다. 원래 지난 삼일절에 등산을 계획했으나, 비가 오는 바람에 연기했다.

그에게 매일 연락했는데, 슬슬 귀찮아졌는지 답이 뜸했다. 그의 그런 태도에 다소 상처를 받았으나, 등산을 가기 위한 뚜렷한 목적이 있기에 기분이 상해도 티를 낼 수 없었다. 아쉬운 건 오직 내 쪽이었다.

화요일 오후였다.

"이번 주말에 등산 갈 거예요?"

그가 내게 물었다. 내심 상당히 기뻤다. 게다가 그는 운동복과 등산화를 주문했단다. 속으로 꽤 놀랐다.

'어차피 등산 한 번 가고, 그 후론 안 갈 거면서! 장비 욕심이 있나?'

고맙게도 그는 자신의 차를 타고 가자고 제안했다. 답례로 그에게 저녁을 사겠다고 약속했다.

"몇 년 만의 하이킹이라서, 설레네요."

그가 말했다. 날름 농담을 던졌다.

"여자랑 등산 가니까, 좋죠?!"

그러자, 그는 곧장 그림말로 응답했다. 고양이가 풀을 씹고 있는 영상이었는데, '풀을 뜯어 먹는 소리'라는 글자가 보였다.

그가 약속을 일요일로 미루었고, 별 불만 없이 따랐다. 동행을 해준다는 것만으로도 그저 감지덕지할 따름이었다.

이천이십일년 삼월 십사일 일요일, 약속 장소로 향했다. 그는 약속 시간보다 먼저 도착해 있었다. 그가 운전석에서 내려 내게 손을 흔들었다. 그의 옷차림은 운동복이라서 그런지, 이제껏 본 그의 모습 중 가장 털털해 보였다.

"나, 사탕 줘요!"

조수석에 앉아서, 그에게 대뜸 말했다.

"나한테 사탕 맡겨놨어요?"

그는 시종일관 차갑다. 열세 시, 우리는 진천으로 출발했다.

"강사 중에 전직 승무원도 있어요! 새삼 다시 보이더라니까요? 그런데, 주말부부래요."

"주말부부 좋네요."

그가 대답했다.

"마냥 좋지만은 않을걸요. 독박 육아하시던데요. 남편은 경기도에 있고, 선생님 혼자 아이를 돌봐야 한대요."

"그래요? 육아만 해도 힘들 텐데, 맞벌이까지 하는군요."

"요즘 외벌이로 먹고살기 힘들잖아요. 그러니까, 맞벌이하겠죠."

"아, 그래서 내가 결혼을 못 해요."

도시를 벗어나기 전, 그는 자신의 결혼관을 말했다. 결혼하고자 하는 목적이 아이를 갖기 위함이라고 했다. 그 점은 동의했다. 우리의 대화는 시작부터가 결코 가벼운 주제는 아니었다.

한 시간가량 달려 영수사에 도착했다. 목적지는 진천의 두타산이다. 날씨는 살짝 흐렸으나, 비는 다행히 내리지 않았다. 등산을 시작하기 전, 준비 운동을 했다. 반면, 그는 아예 하지 않았다.

"두 시간이면 충분히 왕복한다고 하니, 준비 운동은 굳이 안 해도 될 것 같아요."

그는 여러모로 주관이 뚜렷하다.

우리는 많은 대화를 나눴다. 그가 유일하게 내 성격을 칭찬한 건 '순수하다'였는데, 그것 외에는 모두 단점이었다. 그는 내게 쓴소리를 속사포처럼 내뱉었다. '이기적이다', '논리 없다', '모순투성이다' 등의 말을 한 것으로 미루어 보아, 안타깝지만 내게 호감이 전혀 없는 듯 보인다.

꾸밈없는 모습을 보여주는 솔직한 성격이라서, 그에게 인위적으로 잘 보여야겠다는 생각은 추호도 해본 일이 없다.

"내가 옥구슬 씨한테 왜 계속 연락하고, 만나는지 알아요?"
그는 대답이 없었다. 바로 말을 이었다.

"옥구슬 씨는 이제까지 내가 본 적이 없는 부류예요."
그는 나를 모두 파악한 것처럼 굴지만, 어떤 사람이든 모든 것을 완벽히 알 수는 없는 노릇이다. 우리는 아직 서로에 대해 모르는 것이 많다.

뒤에서 헉헉대며 숨 가쁘게 그의 꽁무니를 쫓기 바빴다. 대조적으로, 그는 힘든 기색 없이 성큼성큼 발을 내디뎠다. 벤치가 보이면, 그는 내게 쉬고 싶냐고 의향을 물었다. 매번 거절하지 않았다. 물을 벌컥벌컥 들이켰는데, 그는 물을 거의 마시지 않았다.

"운동 중에 물 많이 마시는 거, 위에 해로워요. 위가 늘어나거든요."
그는 박학다식하다. 이러니저러니 해도, 갈증이 나서 그냥 물을 맘껏 마셔버렸다.

"식사 후 바로 누워 있으면, 역류성 식도염이 생겨요. 식사 후 가만히 있는 건 괜찮지만, 누워 있거나 걷기는 오히려 역효과예요."

"의느님인 줄 알았어요."
다소 퉁명스럽게 대꾸했다.

"달고나 먹을래요?"
그가 내게 물었다.

"네, 주세요!"
그는 달고나를 조각내서 내게 건넸다. 손을 쓰지 않고, 바로 입으로 덥석 받아먹었다. 시선은 피했다. 슬쩍 분위기를 살피니, 그는 특별히 당황하거나 놀란 기색은 없었다. 그러나, 썩 달가워하진 않았다.

"귀여운 여동생 하나 있는 셈 치면 되죠."

유들유들 웃었다.

"그런 거 없어요."

그는 시종일관 무뚝뚝하다.

"왜요? 아! 뺨에 눈썹 붙었는데, 내가 떼 줄까요?"

"괜찮아요."

그는 소스라치게 놀라며, 거절했다. 떨어진 눈썹은 본인이 스스로 털어냈다.

'경계심 많은 고양이 같군.'

속으로 되뇌었다.

특별히 가파른 구간은 없었다. 경사가 완만하고, 오솔길이 쭉 이어졌다. 낙엽이 수북해서 풍경은 늦가을 정취였다. 그러나, 안개가 자욱하고 조망이 보이지 않았다. 하늘은 잠시 개었으나, 햇빛은 찾아보기 어려웠다. 인적은 드물었고, 내내 우리뿐이었다.

"오랜만에 등산하니 좋네요."

그가 먼발치서 내려다보며 말했다.

"좋아요. 우리 둘뿐이라서요!"

그의 의견에 맞장구쳤다. 우리의 간격을 좁히기 위해 몇 발자국 빠르게 움직였는데, 그가 무서워했다. 내가 달려드는 줄 알았나?

드디어 정상에 도착했다.

"자, 이제 기념사진 촬영하죠."

내가 제안했다.

"사진을 어떻게 찍는 게 좋을까요?"

그가 내게 물었다.

"저는 '귀엽고, 예쁘고, 섹시하게' 찍을게요."

그가 내 휴대전화로 촬영했다. 딱 세 번만 자세를 취하고, 비켜섰다.

"이 정도면 됐어요. 고맙습니다!"

"정말 세 번이면 돼요?"

놀란 듯, 그가 말했다.

"네, 세 번이면 충분하죠. 전 '귀엽고, 예쁘고, 섹시하게' 찍은걸요!"

그가 찍은 사진을 확인했다. 사진 속의 여자는 자연스럽고도 장난기 서린 모습이었다.

"잘 나왔네요. 마음에 들어요!"

다음은 그의 차례였다. 그는 웃지도 않고, 무표정으로 어색하게 줄곧 다른 곳만 바라봤다.

"치아 보이게 웃어요! 자, 여기 보세요! 김치~!"

그의 주의를 끌며 웃음을 유도했다. 그는 희미하게 웃는 듯 보였으나, 어색했다. 정상석 옆에서도 태도는 역시 비슷했다.

"손을 어떻게 해야 할지, 모르겠어요."

그는 부자연스러웠다. 나름 그에게 조언했다.

"모자를 손으로 잡아봐요. 바람막이 지퍼 내려봐요. 아니, 완전히 내려요!"

"옷이 땀에 젖어서요……."

"티 전혀 안 나니까, 괜찮아요!"

때마침 지나가던 등산객이 우리에게 말을 건넸다.

"사진 찍어 드릴까요?"

"아니에요. 괜찮아요."

그가 냉큼 대답했다. 그의 휴대전화로 함께 기념사진을 찍었다. 내가 뽀뽀하듯이 입술을 쭉 내밀자, 그는 전송도 안 해주고 바로 삭제해버렸다.

안타깝게도, 우리가 같이 찍은 사진은 단 한 장뿐이다. 그는 내가 사진을 유출하거나, 자신에 대해 나쁜 소문을 퍼뜨릴까 봐 계속 경계했다. 그런 그의 반응과 태도가 이미 처음이 아니었기에, 그러려니 하고 넘어갔다.

"사귀지 않으면, 무관해요. 우린 아무 사이 아닌걸요. 걱정하는 그런 일은 없을 거예요. 그저 나가서 같이 놀 수 있는 관계면, 충분히 만족해요."

그를 안심시키기 위해 소신을 밝혔다. 그러자, 그는 다음과 같이 대답했다.

"사귀지 않아도 문제는 생길 수 있던데요. 그런 경험이 있어요."

하산을 마치고 주차장에 다다랐다. 그는 여전히 내게 계속 눈치를 줬다. 듣자 하니, 부아가 치밀었다.

"옥구슬 씨한테 아직 아무런 피해도 입히지 않았는데, 왜 그렇게 심하게 말해요? 귀찮게 안 할게요. '손절'이라는 표현은 그만 하세요. 저한테 경고하는 것 같은데, 언제든지 말만 하세요. 바로 떠날게요!"

침착하게 입장을 피력했다. 그는 묵묵부답이었다. 우리의 남은 일정은 저녁을 먹고 귀가하는 것이었다. 그의 차를 얻어 타는 입장이므로, 그에게 밉보여서 좋을 건 없다.

"수고하셨습니다!"
그 한마디로 모든 상황을 일축했다.

인근 맛집에 가서 짬뽕을 먹고, 돌아왔다. 해가 저물어서 주변은 어둠이 점차 깔리는 와중에, 그의 두 눈은 빛이 났다. 날이 저물어서 이제 사물이 흐릿하게 보였다. 뭉그적거리며 하차했다.

"즐거웠어요."
그가 항상 헤어질 때 하는 인사말이다. 그와 다섯 시간 이상을 함께 하면서 마냥 즐겁지만은 않았다. 산에서 그는 내게 냉정하고, 가혹했으며, 굉장히 거리를 둔다는 느낌을 받았다.

또 다른
모험을 꿈꾸며

시월에 산림청 100대 명산 중 하나인 전북 무주 적상산(천삼십사 미터)을 다녀왔다. 이번 산행은 단풍놀이라서 그런지, 다른 산행 때보다 여자 회원들이 많았다. 총 열 명 중, 네 명이 남자였다.

여자들끼리만 모여서 단체 사진 찍을 때, 정효 오빠가 "귀엽게, 멋지게, 섹시하게!" 라고 주문했다. 거기에 맞춰서 자세를 잡으려고 최대한 노력했다. 반면, 남자들끼리만 촬영할 때 내가 똑같이 요청했으나, 정작 그들은 전혀 따르지 않았다.

전날 비가 온 뒤, 날씨가 무척 쌀쌀해졌다. 상의는 반소매와 남방셔츠, 점퍼를 입고, 하의는 내복과 헐렁한 운동복을 걸쳤다. 장갑을 끼고, 만반의 준비를 마쳤다. 등산을 시작하니, 더워서 하나둘씩 벗었다.

갑자기 후드둑 빗방울이 떨어져서, 허겁지겁 우비를 입었다. 우울했다. 날씨가 화창하지 않아서, 무척 아쉬웠다. 그나마 비 피해는 크지 않았다.

점심을 먹기 전, 오정 오빠가 모란 언니에게 바나나 맛 우유와 초를 꽂은 빵을 건넸다. 생일을 축하하는 깜짝 잔치가 열렸다. 비록 생일은 하루 지난 후였지만, 함께 생일 축하 노래를 부르며 손뼉을 쳤다. 보기 좋은 훈훈한 모습이었다.

예전에 평창 대관령 옛길을 등산할 땐 보고도 무심코 지나쳤던 식물인데, 적상산에선 유독 계속 보였다. 배움을 더 미루면 안 되겠다 싶었다. 호기심이 일어 인터넷에 질문하고 답변을 보니, 생강

나무라고 했다.

또, 새의 둥지같이 생겼는데 잎이 여전히 초록색인 나무도 난생 처음 발견했다. 다른 나무에 반 기생해서 사는 겨우살이라는 식물이라고 했다. 신기했다.

'빨간 치마' 라는 뜻의 적상(赤裳)산은 내가 모르는 산이었는데, 산림청 100대 명산 중 하나라서 기대감을 안고 다녀왔다. 과연 빠알강 단풍들이 저마다 아름다운 자태를 뽐내고 있었다. 또, 노오랑 생강나무들도 울창하게 군락을 이루고 있었다. 아름다웠다. 파아랑 가을 하늘이 아니었던 점이 너무 아쉬웠지만, 내 기억 속에는 가을에 가볼 만한 산으로 자리매김했다.

시월에 가면 좋은 산으로 하나 더 꼽자면, 충남 보령 오서산(칠백구십일 미터)이 있다. 이곳은 블랙야크 명산 100이기도 하다. 파랗고 드넓은 가을 하늘과 넘실거리는 황금빛 들판이 인상적이었다. 날씨가 참 좋았다. 삼각형 모양의 저수지와 억새, 구절초와 용담을 볼 수 있었다.

마지막으로, 전북 고창 선운산 수리봉(삼백삼십육 미터)을 추천한다. 매년 시월에 이곳에서 꽃무릇(상사화) 축제가 열린다.

등산을 선호하지는 않으나, 산림욕은 참 좋아한다. 산이 지닌 무한한 매력을 잘 알고 있다. 봄에는 꽃놀이, 여름에는 물놀이, 가을에는 단풍놀이, 겨울에는 상고대(눈꽃) 감상을 할 수 있는 곳이 바로 산이다. 이렇듯 산에는 사계절이 모두 살아있다. 바다에서는 결코 찾아볼 수 없는 개성이다.

국내 명산을 다니며, 어느덧 대중에게 소개하고픈 꿈을 품었다. 아마 많은 이들이 생소하게 생각할 것이다.

"이런 산도 다 있어? 전혀 못 들어 봤는데……. 우리나라, 진짜 산 많다!"

본격적으로 등산하기 전에 했던 생각이고, 다니면서도 내내 그랬다.

삼 년간의 여정을 마치고, 드디어 한 권의 기행문을 펴냈다. 엎치락뒤치락 사람들과 그간 우여곡절이 많았다. 이야기 속에 등장하는 인물들은 모두 가명이다.

혹시라도 문제가 생길까 봐, 본명을 교묘히 조작했다. 본인의 허락 없이 남의 일화를 공개했다고 누군가 불만을 품을 수도 있다. 하지만, 자신의 이야기라고 주장할 수 있는 뚜렷한 근거는 아마 없을 것이다.

명산 100이라는 숫자를 돋보이게끔 하기 위해 숫자는 덜 표기했고, 등산과 관련된 용어 및 외래어만 구체적으로 표기했다.

서른다섯 살에 블랙야크 명산 100을 모두 거쳤으니, 마흔 살에는 히말라야를 관광하는 것은 어떨까? 얼마나 멋진 풍경과 좋은 사람들과 마주하게 될지, 벌써 기대된다. 다녀와서, 흥미로운 소재로 이야기를 쭉 이어나갈 수 있다면 참 좋겠다.

등산을 안 좋아하지만, 여전히 산에 부지런히 오른다. 낯선 사람들과 어울리며, 새록새록 꿈을 꾼다. 오 년 후의 내 모습이 기대된다.

늘 즐거운 상상으로,
슈히

명산100 완주 인증서

Certificate of completion - 100 Mountains

슈히 님

도전번호	완주번호	도전기간
67,339	9,866	1204일
		18.07.23 - 21.11.07

위 사람은 블랙야크 알파인 클럽의 회원으로서
명산 100 프로그램을 통해 **대한민국을 대표하는**
100개의 명산에 오르는 도전을 완주하였기에
이 증서를 드립니다.

|주| BYN 블랙야크 대표이사 회장